हिन्द पॉकेट बुक्स

उर्दू गुलिस्तां की बुलबुलें

प्रसिद्ध हिन्दी साहित्यकार आचार्य श्रीरामनाथ सुमन का जन्म 20 जुलाई 1926 को उत्तर प्रदेश के हापुड़ जिला के धौलाना ग्राम में हुआ था। भारत संस्कृत परिषद के संस्थापक आप ही थे। आपने संस्कृत और हिन्दी में अनेक पुस्तकों की रचना की। अल्पायु में ही आप स्वतंत्रता संग्राम में भी कूदे और आजादी के बाद भारत विभाजन और गोहत्या के विरोध में संस्कृत के हजारों छात्रों के साथ आंदोलन किया और जेल की यातनाएं सही। आपको अनेक पुरस्कार मिले और आप संस्कृत को राष्ट्रभाषा बनाने के लिए जीवनभर संघर्षरत रहे, लेकिन आपका यह सपना पूरा न हो सका। आपने कई स्थलों पर वेद विद्यालयों की स्थापना भी की। 15 अप्रैल 1999 को पिलखुवा में आपका निधन हुआ।

उर्दू गुलिस्तां की बुलबुलें

सम्पादक

श्रीरामनाथ सुमन

हिन्द पॉकेट बुक्स
पेंगुइन रैंडम हाउस इम्प्रिंट

हिन्द पॉकेट बुक्स

यूएसए। कनाडा। यूके। आयरलैंड। ऑस्ट्रेलिया। सिंगापुर
न्यू ज़ीलैंड। भारत। दक्षिण अफ़्रीका। चीन

हिन्द पॉकेट बुक्स, पेंगुइन रैंडम हाउस ग्रुप ऑफ़ कम्पनीज़ का हिस्सा है,
जिसका पता global.penguinrandomhouse.com पर मिलेगा

पेंगुइन रैंडम हाउस इंडिया प्रा. लि.,
चौथी मंजिल, कैपिटल टावर - 1, एम जी रोड,
गुड़गांव 122 002, हरियाणा, भारत

पेंगुइन
रैंडम हाउस
इंडिया

प्रथम संस्करण हिन्द पॉकेट बुक्स द्वारा 1970 में प्रकाशित
यह संस्करण हिन्द पॉकेट बुक्स में पेंगुइन रैंडम हाउस द्वारा 2022 में प्रकाशित

10 9 8 7 6 5 4 3 2

इस पुस्तक में व्यक्त विचार लेखक के अपने हैं, जिनका यथासंभव तथ्यात्मक सत्यापन किया गया है, और इस संबंध में प्रकाशक एवं सहयोगी प्रकाशक किसी भी रूप में उत्तरदायी नहीं हैं।

ISBN 9789353495305

मुद्रकः रेप्रो इंडिया लिमिटेड

www.penguin.co.in

MIX
Paper from responsible sources
FSC® C047271

This is a legitimate digitally printed version of the book and therefore might not have certain extra finishing on the cover.

क्रम

प्राक्कथन

इधर उर्दू कवियों पर अनेक परिचय-पुस्तिकाएं हिन्दी में निकली हैं, निकल रही हैं । परन्तु उर्दू कवयित्रियों पर कोई एक-आध पुस्तक ही दिखाई देती है। उर्दू में भी इस विषय पर बहुत कम सामग्री उपलब्ध है। इसी दृष्टि से उर्दू की कुछ कवयित्रियों की रचनाओं का यह संकलन तैयार किया गया है । पुस्तक लिखने में मुहम्मद जमील अहमद एम० ए० के ग्रन्थ 'तज़्किरा-शाअ़राते-उर्दू' से, विशेष रूप से, सहायता ली गई है और मैं जमील साहब के प्रति अपनी कृतज्ञता अर्पित करता हूँ।

अब तक उर्दू के शोधकर्ताओं को जो कुछ ज्ञात हो सका है उसके अनुसार सम्राट औरंगज़ेब की पुत्री राजकुमारी ज़ेबुन्निसा उर्दू की सबसे प्राचीन कवयित्री ठहराई गई हैं। वे फ़ारसी में बहुत अच्छी कविता करती थीं और वह उपलब्ध है, परन्तु उनका उर्दू काव्य लुप्त हो गया है। केवल तीन शे'र मिलते हैं जो यथास्थान दिए गए हैं।

शुरू-शुरू में कवियों की भाँति कवयित्रियाँ भी दिल्ली की परंपरा पर चलीं। पर दिल्ली का सूर्य अस्त हो रहा था, वह डूबती जा रही थी । पूर्व में लखनऊ क्षितिज पर उभर रहा था इसलिए धीरे-धीरे उसकी परम्पराएँ बनने लगीं और बहुतों ने उसका अनुकरण-अनुसरण किया।

लखनऊ का वैभव उभरा; जवानी का आलम आया; उसके साथ विलासिता आई। इस परम्परा में एक 'अबंडन' है, हल्कापन है। कहीं-कहीं तो बाज़ारूपन भी है। इसके कारण यहाँ के जीवन में जो नज़ाकत एवं स्त्रैण भावना पैदा हो गई थी उसने समाज-जीवन को शरीरसुलभ भोगों की ओर आकृष्ट कर लिया। यहाँ तक कि ज़बान में भी ज़नानापन पैदा हो गया। कवियों में यह बात खलती थी पर कवयित्रियों में वही बात स्वाभाविक बन गई:—

बहू बेगम:

शबे-बज़्म मुलाक़ात[1] में हरचंद यह चाहा
आँखें तो लड़ाओ ज़रा इस रश्के-क़मर[2] से
पर ख़ौफ़ यही दिल में मेरे आया कि है-है
नाज़ुक है न दब जाय कहीं तारे-नज़र से

पर जहाँ कृत्रिमता एवं बाह्य शब्दाडम्बर से ध्यान हटा है और भावानुभूति की ओर ध्यान गया है वहाँ स्वाभाविकता आ गई है:—

दूल्हन :

दिन कटा फ़रियाद से और रात ज़ारी से कटी
उम्र कटने को कटी पर क्या ही ख़्वारी से कटी

यों उर्दू कविता अनेक परम्पराओं से गुज़री। काल और परिस्थितियों ने उसमें नये-नये रंग भरे, नई उमंगों के साथ उसे सँजोया, यहाँ तक कि आधुनिक युग के कवियों-कवयित्रियों में दिल्ली-लखनऊ का भेद नहीं रहा, दोनों परम्पराओं का मिश्रण हो गया। फिर इनके काव्य में जीवन की ध्वनि है। वह अपने चतुर्दिक के वातावरण से प्रभावित है। उसमें अपने दिल की बात कहने का साहस है।

ज़माने की बदली हवा में अपने बन्धु पुरुष कवियों की तरह

1. निशाकालीन महफ़िल के मिलन 2. चाँद को लज्जित करनेवाला या करनेवाली

कवयित्रियों ने भी अनुभव किया कि केवल ग़ज़ल का साधन युगानुभूतियों की अभिव्यक्ति के लिए पर्याप्त नहीं है क्योंकि मुक्तक होने के कारण उसमें दीर्घ भावाभिव्यक्ति संभव नहीं है। इसलिए उन्होंने भी नज़्म को अपनाया और इस क्षेत्र में भी कइयों ने अच्छी सफलता प्राप्त की।

आधुनिक युग की कवयित्रियों पर ग़ालिब की ज़ुबान और विचारों का भी प्रभाव पड़ा है, यद्यपि विचारों की वैसी सूक्ष्मता एवं कल्पना की वह उड़ान यहाँ बहुत कम पाई जाती है । फ़ारसी शब्दों एवं तरकीबों का प्राधान्य है :—

ज़ेब :

शोलए-शम्ए फ़रोज़ाँ[1] से नहीं इतनी तपिश[2]
गर्मिए-शौक़े-शहादत[3] है कि घबराता है तू

शैली और विचार पर ग़ालिब के प्रभाव के उदाहरण :

ग़ालिब :

क़ैदे-हयातो[4] बंदे-ग़म[5] अस्ल में दोनों एक हैं।
मौत से पहले आदमी ग़म से नजात[6] पाये क्यों

'शबनम' (ताहिरा ख़ातून) :

क़ैदे-हयात में तू करता है फ़िक्रे-राहत[7]
दीवाने हँस पड़ेंगे सुनकर ख़याल तेरा

ग़ालिब :

देखना क़िस्मत कि आप अपने पे रश्क आ जाय है
मैं उसे देखूँ भला कब मुझसे देखा जाय है

1. ज्वलित दीप (शम्मअ़) की ज्योति 2. जलन, ऊष्मा 3. बलिदान की उत्कण्ठा का ताप 4. जीवन की कैद 5. दुःख का बन्धन 6. मुक्ति 7. सुख की चिन्ता

बेगम अख़्तर :

आप अपने पे रश्क आता है
कि तमन्नाए-यार[1] करते हैं

इक़बाल के इस्लामी संदेश, जागरण एवं नैतिक भावों का भी काफ़ी असर पड़ा है। आशा का स्वर भी है :—

जमाल :

हो न मायूस[2] ग़ुलामी के अगर दाम में है
ज़िन्दगानी का मज़ा कोशिशे-नाकाम[3] में है

हया :

तू रंज न कर मग़मूम[4] न हो उम्मीदें मुझसे कहती हैं
इस यास के रेगिस्ताँ[5] से परे तस्कीन[6] की नहरें बहती हैं

'जोश' के प्रकृति-वर्णन का प्रभाव :

इन कवयित्रियों पर जोश के घटना एवं प्रकृति-चित्रण का भी पर्याप्त प्रभाव पड़ा है। एक उदाहरण देखिए :—

'शमीम' मलीहाबादी :

बज़्मे-क़ुदरत[7] पे कैफ़[8] तारी[9] है
चाँद का फ़ैज़े-आम[10] जारी है
सारा आलम[11] रहीने-इश्रत[12] है
नूर[13] है, मस्तियाँ हैं, नकहत[14] है
जान सी पड़ गई है सहरा में
चाँदनी बह रही है दरिया में

---

1. प्रिय (मिलन) की कामना 2. निराश 3. असफल प्रयत्न 4. शोकग्रस्त 5. निराशा की मरुभूमि 6. सान्त्वना, सन्तोष 7. प्रकृति की महफ़िल 8. नशा, सुरूर, आनन्द 9. छाया हुआ है 10. सबके लिए खुला दान या लाभ 11. विश्व 12. आनन्द में डूबा हुआ 13. प्रकाश 14. सुगंध

ग़ालिब, इक़बाल और जोश के अलावा 'अख़्तर' शीरानी की रूमानी प्रवृत्तियों का भी कुछ कम प्रभाव नहीं पड़ा है। यह रूमानियत भी विविध रूपों में प्रकट हुई है। 'हया' में वेदना-विह्वल करुणा मचलती है तो नज्मा तसद्दुक़ में जवानी की अँगड़ाइयाँ और पुकार है :—

हया :

मेरे दूर रहने का ग़म न कर
मेरे छूटने का अलम न कर
मुझे ख़ामा[1] खूं[2] से रक़म[3] न कर
मेरे दिल पे उफ़ यह सितम न कर
मेरा तज़्किरा[4] भी न लब[5] पे ला
मुझे भूल जा मुझे भूल जा

नज्मा तसद्दुक़ :

चाँदनी, मय[6], बहार[7], ख़िल्वते-नाज़[8]
उनकी बाँहों में झूम जाने दे

◇ ◇ ◇

यह दूर की वादी[9] से मुझे किसने पुकारा
इक आग मुहब्बत की मेरे दिल में लगा दी
फूलों की बहार और सितारों की जवानी
हर चीज़ तेरे मस्त तबस्सुम[10] पे लुटा दी
फिर हँसती हुई आँख से देखा मुझे नज्मा
फिर सीनए-तारीक[11] में इक शम्मअ़ जला दी।

---

1. लेखनी 2. रक्त 3. लिखना 4. ज़िक्र 5. ओठ 6. मदिरा 7. बसन्त 8. हावभाव-भरा एकान्त 9. घाटी 10. मुस्कान 11. अंधेरे सीने में

रूमानियत ने जहाँ वेदना, विह्वलता, निराशा एवं असफलता की टीस, और जो कुछ खो गया है उसके लिए रोदन की सृष्टि की है, वहां धैर्य एवं आश्वासन का क्षीण स्वर भी प्रदान किया है :—

नज्मा तसद्दुक़ :

हवादिस[1] से बचना बड़ी बुज़दिली[2] है
ज़माने का हर ग़म उठाता चला जा

शमीम :

मुश्किलें ग़म की ख़ुशी से काट दे इंसाँ है वो
कुछ नहीं पहलू में इक हँसता हुआ दिल चाहिए

इस प्रकार उर्दू कवयित्रियों में हर तरह का रंग पाया जाता है और यद्यपि यह ठीक है कि अभी इनमें कोई ऐसी नहीं है कि महाकवियों की श्रेणी में रखी जा सके, पर इनकी सफलताएँ और उपलब्धियाँ कुछ ऐसी कम भी नहीं हैं कि निराशा का कोई कारण हो । युग की सजगता उनमें करवट ले रही है और उनके नग़मे हमारे दिलों को छूते और गुदगुदाते हैं, गुदगुदाते और रुलाते हैं, रुलाते और हंसाते हैं ।

—श्रीरामनाथ सुमन

1. दुर्घटनाओं 2. कायरता

मख़्फ़ी

औरंगज़ेब की सबसे बड़ी संतान, शहज़ादी ज़ेबुन्निसा, उर्दू कवयित्रियों में सबसे पुरानी हैं। ये 'मख़्फ़ी' तख़ल्लुस से लिखती थीं।

ज़ेबुन्निसा का जन्म दिलरस बानू के पेट से सन् 1638 ई० में हुआ था। इनकी शिक्षा, उस ज़माने की परम विदुषी, हाफ़िज़ मरियम की देखरेख में हुई। दस साल की उम्र तक इन्होंने क़ुरान कण्ठस्थ कर लिया था। यौवन-काल में, जब शहज़ादी की उम्र इक्कीस वर्ष के लगभग थी, मुल्ला सईद अशरफ़ पर इनकी शिक्षा का भार डाला गया। मुल्ला अशरफ़ उन्हीं दिनों ईरान से आए थे और विद्वान होने के साथ-साथ अच्छे शायर भी थे। उन्होंने तेरह-चौदह साल तक शहज़ादी को वाङ्मय की शिक्षा दी।

1681 ई० में औरंगज़ेब ने राजकुमार अकबर को मारवाड़ में राजपूत-विद्रोह का दमन करने के लिए भेजा। पर अकबर स्वयं विद्रोहियों से मिल गया। ज़ेबुन्निसा एवं अकबर सगे बहिन-भाई थे। इससे औरंगज़ेब को भ्रम हुआ कि यह भी षड्यन्त्रकारियों से मिली हुई है। फलतः जो चार लाख सालाना तनख़ाह मिलती थी वह बंद कर दी गई और शहज़ादी को सलीमगढ़ क़िले में नज़रबंद कर दिया गया। बाद में, निर्दोष सिद्ध होने पर, पुनः सुविधाएं बहाल कर दी गईं।

ज़ेबुन्निसा विदुषी होने के साथ ही चरित्रवान और सदाशय महिला थीं। प्रायः सादी एवं सरल वेशभूषा में रहती थीं। सुर्मे, मिस्सी इत्यादि

मुस्लिम श्रृंगार-सामग्री का प्रयोग भी कभी नहीं किया। यहां तक कि वसीयत कर गईं कि मरने के बाद मेरी क़ब्र पर कोई सजावट न हो। क़ब्र पर अंकित करने के लिए वे एक शे'र भी लिख गई थीं जो लाहौर में क़ब्र पर ख़ुदा हुआ है :—

बर-मज़ारे मा ग़रीबाँ ने चिराग़े ने गुले
ने परे परवाना सोज़द ने सदाये-बुलबुले

(हम दोनों की समाधि पर न दीप है, न पुष्प है । न यहां शलभ के पर जलते हैं और न बुलबुल की चहक है।)

ज़ेबुन्निसा मूलतः फ़ारसी की कवयित्री थीं और बहुत अच्छा लिखती थीं। उनके काव्य में प्रेम की ऐसी वेदना है जो मानव की आध्यात्मिकता को छूती है। बाद में वे उर्दू में भी लिखने लगी थीं, पर उर्दू का समस्त काव्य, घटनावश, नष्ट हो गया। केवल तीन शे'र उपलब्ध हैं :—

जुदा हो मुझसे मेरा यार यह ख़ुदा न करे
ख़ुदा किसी के तईं दोस्त से जुदा न करे

◇ ◇ ◇

कहते हो तुम न घर मेरे आया करे कोई
पर दिल न रह सके तो भला क्या करे कोई

◇ ◇ ◇

आकर हमारी लाश पे क्या यार कर चले
ख़्वाबे-अदम[1] से फ़ित्ने[2] को बेदार[3] कर चले

1. शून्यलोक (परलोक) का स्वप्न 2. उपद्रव 3. जागरित

बेगम

उर्दू के ख़ुदाए-सुख़न मीर तक़ी 'मीर' की बेटी थीं। 'मीर' ने बड़े चाव से इनकी शादी की थी पर शादी के कुछ दिनों बाद ही इनका देहावसान हो गया। 'मीर' इन्हें बेहद चाहते थे; स्वभावतः इनकी मृत्यु का गहरा आघात उन्हें लगा और उन्होंने व्यथित होकर यह शे'र कहा था :—

अब आया ध्यान ऐ आरामे-जाँ[1] इस नामुरादी[2] में
कफ़न देना तुम्हें भूले थे हम असबाबे-शादी में

ये कविता करती थीं। कविता में सादगी है। अपने ज़माने के लिहाज़ से ज़बान भी साफ़ है। चंद शे'र मिलते हैं :—

बरसों ख़मे-गेसू[3] में गिरफ़्तार तो रक्खा
अब कहते हो क्या, तुमने मुझे मार तो रक्खा
कुछ बेअदबी और शबे-वस्ल[4] नहीं की
हाँ, यार के रुख़सार[5] पे रुख़सार तो रक्खा
इस इश्क़ की हिम्मत के मैं सदक़े हूँ कि 'बेगम'
हर वक़्त मुझे मरने पे तैयार तो रक्खा

1. प्राणों को विश्राम देनेवाली 2. असफलता में, खोने में 3. अलकजाल 4. मिलन-रात्रि 5. कपोल

जा'फ़री

कामिला बेगम नाम था। 'जा'फ़री' तख़ल्लुस करती थीं। शाह नसीर की शिष्या थीं। काव्य पुरानी परम्परा का है।

तसव्वुर[1] उस सनम[2] का दिल में लाये जिसका जी चाहे
हमारी बात सुनकर आज़माये जिसका जी चाहे
कहा मंसूर[3] ने सूली पे चढ़के इश्क़बाज़ों से
यह उसके बाम[4] का ज़ीना है आये जिसका जी चाहे
ग़ुरूरे-हुस्न[5] पर हमसे वह नाहक़ झाँझ[6] करता है
यह नौबत[7] चंद रोज़ा है बजाये जिसका जी चाहे
मुहब्बत के महल में आशिक़े-जाँबाज़[8] रहता है
नहीं ख़ाला का घर इसमें जो आये जिसका जी चाहे

---

1. अनुध्यान, कल्पना 2. प्रियतम 3. एक सिद्धपुरुष जिन्होंने 'अनलहक़' (अहं ब्रह्मोस्मि) कहा था और इसी अपराध में उनकी गर्दन काट ली गई थी 4. छत 5. सौन्दर्य का अभिमान 6. तकरार 7. शहनाई 8. प्राण उत्सर्ग करनेवाला प्रेमी

अख़्तर

नवाब अख़्तर महल नाम और 'अख़्तर' तख़ल्लुस था। धार्मिक स्वभाव की महिला थीं। काव्य भी धार्मिक वृत्तियों से पूर्ण है। कभी-कभी ग़ज़ल भी कहती थीं।

एक आह शो'ला-बार[1] से दिल को जला दिया
लो आज हमने इसका भी झगड़ा मिटा दिया
लिखकर हमारा नाम ज़मीं पर मिटा दिया
उनका था खेल, ख़ाक में हमको मिला दिया*
तक़सीर[2] यार की न क़ुसूरे-उदू[3] है कुछ
'अख़्तर' हमारे दिल ही ने हमको जला दिया

1. अग्निवर्षक
* कोई-कोई इस शे'र को मीर अनीस का बताते हैं।
2. दोष 3. शत्रु, प्रतिस्पर्धी

शोख़

गन्ना बेगम नाम, 'शोख़' तख़ल्लुस था। नवाब इमादुल्मुल्क ग़ाज़ीउद्दीन बहादुर की पत्नी थीं। काव्य में सादगी और प्रौढ़ता है। कहने का ढंग भी अच्छा है।

जी तक भी अगर चाहो तो विस्वास नहीं है
कुछ और जो ढूँढो तो मेरे पास नहीं है
अब ख़्वाब[1] में ही वस्ल तेरा होवे तो होवे
ज़ाहिर में तो मिलने की हमें आस नहीं है

◇ ◇ ◇

रक़ीबों[2] से वो जिस दम हँस रहे थे रूबरू मेरे
मेरी हर मिज़ः[3] ऐ दर्दे-जिगर मोती पिरोती थी
तेरे रुख़[4] की तजल्ली[5] देखकर कल रात हसरत से
ज़मीं पर लोटती थी चाँदनी और शम्मअ़ रोती थी।

---

1. स्वप्न 2. प्रतिद्वन्द्वियों 3. बरौनी 4. मुख 5. आभा

गौहर

गौहर बेगम नाम, 'गौहर' तख़ल्लुस था। काबुल में पैदा हुईं। एक क़बीले के साथ अमृतसर आईं। फ़ारसी, पश्तो और उर्दू तीन भाषाओं में कविता करती थीं । उर्दू नमूना देखिए :—

सितम कर, जौर कर, ज़ुल्मो-जफ़ा कर
पर ऐ ज़ालिम ! कभी मुझसे मिलाकर
लजाकर, शर्म खाकर, मुस्कराकर
दिया बोसा[1] मगर कुछ मुँह बनाकर

◇ ◇ ◇

आपके जाँनिसार हम भी हैं
आशिक़े-दिलफ़िगार[2] हम भी हैं
दर्द कहता है मुझसे ग़ुर्बत[3] में
तुम न घबराओ यार हम भी हैं

1. चुम्बन 2. क्षतहृदय प्रेमी 3. परदेश, सूनेपन

ज़िया

सिकन्दर जहां बेगम नाम और 'ज़िया' तख़ल्लुस था। मीर अमीरअली कोतवाल रियासत जाबरा की बेटी थीं। काव्य में प्रौढ़ता और प्रच्छन्न व्यंग है।

जी में तो फ़िक्रे-बुताँ[1] और लब[2] पे हो ज़िक्रे-ख़ुदा[3]
ऐ दिले-बेताब[4] ! तुझसे पारसाई[5] हो चुकी

◇ ◇ ◇

ये कहते हैं ठुकराके वो ना'शे-आशिक़[6]
यह फ़ित्ना नहीं है जगाने के क़ाबिल
भला ख़ाकसारों से इतनी कुदूरत[7]
न थे ख़ाक में हम मिलाने के क़ाबिल
बजा है वफ़ादार कोई नहीं है
मेरा इश्क़ है आज़माने के क़ाबिल

◇ ◇ ◇

---

1. मूर्ति (प्रेयसी) का ध्यान 2. ओठ 3. भगवत्स्मरण 4. बेचैन हृदय 5. पवित्रता, संयम, इन्द्रियनिग्रह 6. प्रेमी का शव 7. मनोमालिन्य

यों जो हम नौजवान मरते हैं
उनकी यादे-शबाब है दिल में

◇ ◇ ◇

हुआ इक आफ़ते-जाँ पर फ़िदा दिल
न दे दुश्मन को भी ऐसा ख़ुदा दिल
पये-मश्क़े-जफ़ा[1] लाऊँ कहाँ से
तुम्हें तो चाहिए रोज़ इक नया दिल
दिले-नाकाम लेकर क्या करोगे
नहीं है यह तुम्हारे काम का दिल
बुते-काफ़िर[2] सिवा तेरे ख़ुदा से
नहीं रखता है कोई इल्तिजा[3] दिल

रुबाई

गुम-कर्दा-रह[4] ग़रीब हूँ, मंज़िल से दूर हूँ
तूफ़ाँ - ज़दा सफ़ीना[5] हूँ, साहिल[6] से दूर हूँ
ज़ालिम अब अपने दर से उठाता है किसलिए
क्या कम है सितम कि तेरे दिल से दूर हूँ

---

1. अत्याचार के अभ्यास के लिए 2. निष्ठुर प्रियतम के लिए इस्तेमाल होता है 3. कामना 4. जो मार्ग भूल गया हो 5. तूफ़ान से घिरी नौका 6. तट

हिजाब

नवाब बेगम नाम था, 'हिजाब' तख़ल्लुस करती थीं। नवाब आज़मअली खां की बेटी और नवाब वाजिदअली शाह की महल ख़ास थीं तथा उनके साथ कलकत्ता गई थीं।

बनके तस्वीर हिजाब[1] उसको सरापा[2] देखो
मुँह से कुछ बोलो न आँखों से तमाशा देखो

◇ ◇ ◇

कहे क्या ऐ 'हिजाब' आख़िर, यह देखा आँख से हमने
किया तूफ़ाँ बपा[3] बहरे-सरश्के-चश्मे-पुरनम[4] ने
उड़ा दी नींद उसकी जब फ़िराक़े-यार के ग़म ने[5]
गुज़ारी रात सारी तारे ही गिन - गिनके आलम ने
हुआ शब को जो धोका अपने 'अख़्तर'* का सितारों में

1. लज्जा, कवयित्री का तख़ल्लुस 2. सर से पांव तक, ऊपर से नीचे तक 3. प्रकट 4. गीली आँखों के अश्रु का सागर 5. प्रियतम के वियोग के दुःख ने

*अख़्तर सितारे को कहते हैं; वाजिदअली शाह का तख़ल्लुस भी था, उसीकी ओर इशारा है।

सद्र

नवाब सद्रमहल नाम तथा 'सद्र' तख़ल्लुस था। ये भी वाजिदअली शाह की बेगमों में से थीं। इनकी कई रचनाएं—'बादशाहनामा' तथा 'नामा-इस्म' आदि प्राप्त हैं।

जोशे-जुनूँ में रात-दिन सबसे रहा अलग-अलग
मैं हूँ जुदा अलग-जलग, लोग जुदा अलग-अलग
मैंने बलाएँ लेने को हाथ बढ़ाये जब उधर
मुँह को फिराके यार ने मुझसे कहा अलग-अलग
शम्मअ जलाने आये हैं आज वो मेरी क़ब्र पर
चलियो ख़ुदा के वास्ते बादे - सबा[1] अलग-अलग
ख़ाक हो ज़िन्दगी भला तेरे मरीज़े-इश्क़ की
मैं हूँ दवा से दूर-दूर मुझसे दवा अलग-अलग
हसरत व आरज़ूए-वस्ल[2], दर्दो-मुसीबते-फ़िराक़[3]
सबका है लुत्फ़ अलग-अलग सबका मज़ा अलग-अलग
'सद्र' वह कमनसीब हूँ, हिज्र में गर उठाऊँ हाथ
बाबे-क़ुबूल[4] से रहे मेरी दुआ अलग-अलग

---

1. पुरवैया, मृदु मँद समीर 2. मिलन की कामना 3. वियोग का कष्ट एवं ब्यथा 4. स्वीकृति से।

आलम

बादशाह महल नाम, 'आलम' तख़ल्लुस। वाजिदअली शाह की पटरानी थीं।

यादे-रुख़ो-गेसू[1] में सदा हमने बसर की[2]
रो रो के कभी शाम की और गाह सहर[3] की

◇ ◇ ◇

ऐ बाग़बाँ ! चमन में यह कहदे पुकार के
लो बुलबुलो ! चलो कि दिन आए बहार के

◇ ◇ ◇

'आलम' वो तलबगार तेरे होंगे उसी दिन
जब कोई सितम और वो ईजाद करेंगे

◇ ◇ ◇

जताकर मुझे इश्क़ क्या कीजिएगा
लिया है जो दिल तो दग़ा कीजिएगा

◇ ◇ ◇

फिर शौक़ से हुज़ूर सुना लेते गालियां
साबित किया तो होता हमारे क़ुसूर को

---

1. मुख और अलकों की याद 2. बिताई 3. सवेरा

सुलतान

सुलतान बेगम नाम था। 'सुलतान' तख़ल्लुस करती थीं। नवाब मो'तमुद्दौला बहादुर लखनवी की बेटी थीं।

हम तो आशिक़ उसी के हो बैठे
दिल से सब्रो-करार खो बैठे
सूरत उसकी नज़र न आएगी
दिल ही दिल में कुढ़ा करो बैठे

◇ ◇ ◇

कब तक यह तेरे हिज्र[1] के सदमे उठाये दिल
डर है यही कि जान से अपने न जाये दिल
क़ातिल ने कब कहा था कि आँखें लड़ाये दिल
आख़िर यह मेरी जान पे आई बलाए-दिल
थी वो निगाह या कोई नावक का तीर था
मिलते ही आँख रह गया मैं कह के हाय दिल

1. विरह

शीरीं

भूपाल की रानी थीं। नवाब शाहजहाँ बेगम नाम था । 'शीरीं' तख़ल्लुस करती थीं । जन्मकाल—1838 ई० । 1870 में गद्दी पर बैठीं। फ़ारसी एवं उर्दू दोनों में कविता करती थीं । उर्दू का पहला दीवान 1873 ई० में छपा था।

आती है हवा सर्द घटा उठती है घनघोर
मँगवाओ सुराही व मै-ओ-जाम[1] हमारा
पहली-सी रुकावट नहीं अब है नज़रे-लुत्फ़
आग़ाज़[2] से बेहतर हुआ अंजाम[3] हमारा
फ़ुर्क़त में तेरी साथ दिया, अपना इसीने
काम आया बहुत यह दिले-नाकाम हमारा

1. मधु और मधुपात्र 2. आरम्भ 3. अन्त

आधुनिक युग

अख़्तर

आधुनिक युग में शिक्षा के प्रसार के साथ कवयित्रियों की संख्या में बड़ी वृद्धि हुई है। इस संख्या-वृद्धि से भी अधिक महत्त्वपूर्ण बात यह है कि काव्य का क्षेत्र विशद हुआ है; नवीन भावनाएं, नवीन विषय, नई संवेदनाएं, नये छंद आये हैं। पिटी-पिटाई, परम्पराओं की लीक पर चल रही कविता में नई ज़िंदगी का स्वर गुँजा है। दिल्ली और लखनऊ के परम्परागत भेद मिट गए हैं या सिमटकर एक होने की दिशा में बढ़ते गए हैं। वस्तुतः यही काल है जिसमें उर्दू काव्य नारी-हृदय के वास्तविक उल्लास एवं भाव-गान से पुरस्कृत हुआ है।

'अख़्तर' आधुनिक युग की एक श्रेष्ठ कवियित्री हैं। नाम अख़्तर बेगम क़ुरैशी; 'अख़्तर' तख़ल्लुस करती हैं। जन्म-स्थान—दिल्ली। बचपन से ही पढ़ने-लिखने में बड़ी तेज़ थीं। हर साल पारितोषिक और पदक प्राप्त करती थीं। व्याख्यान-कला में भी पटु थीं। निबन्ध, काव्य एवं चित्रांकन का शौक बचपन से था। स्कूल की पढ़ाई समाप्त कर जब इन्द्रप्रस्थ गर्ल्स कालेज दिल्ली में प्रविष्ट हुईं तो इनकी प्रतिभा को और चांद लग गए। वहां निबन्ध-लेखन में प्रथम पुरस्कार प्राप्त किया। बोलने की शक्ति निखरी। कालेज एसोसिएशन की सेक्रेटरी रहीं। बी० ए०, बी० टी० करके अध्यापन कार्य में लग गईं। मनोविज्ञान, आधुनिक शिक्षा-पद्धति एवं गृहस्थ जीवन इनके प्रिय विषय हैं। रेडियो से इनकी वार्ताएं

भी प्रसारित हुई हैं। अत्यंत अध्ययनशील हैं। उर्दू एवं अंग्रेज़ी में कविता करती हैं।

भूले फ़साने

मेरी नाकामियाँ[1] जब मेरे दिल को तोड़ देती हैं
मेरी दिलसोज़ उम्मीदें[2] मुझे जब छोड़ देती
हैं मेरी बर्बादियाँ जब आस मेरी तोड़ देती हैं
दिले-ग़मगीं को कुछ भूले फ़साने याद आते हैं

बिसाते-आस्मां[3] पर माहे-रौशन[4] जब दमकता है
सितारों का मुनव्वर[5] अक्स[6] पानी पर चमकता है
तमन्नाओं का शो'ला[7] मेरे सीने में भड़कता है
दिले-ग़मगीं को कुछ भूले फ़साने याद आते हैं

कभी महशर[8] बपा[9] करती हैं मौजें[10] आबशारों[11] में
कभी मेरा गुज़र होता है ऊँचे कोहसारों[12] में
कभी जब कूकती कोयल है दिलकश[13] शाख़सारों में

दिले-ग़मगीं को कुछ भूले फ़साने याद आते हैं।

---

1. असफलताएँ 2. दिल जलाने वाली आशाए 3. आकाश-पट 4. दीप्त चंद्र 5. ज्योतिर्मय 6. प्रतिबिम्ब 7. कामनाओं की आग 8. प्रलय 9. उत्पन्न 10. तरंगें, लहरें 11. निर्झर, प्रपात 12. पर्वतों 13. चित्ताकषक

जब आधी रात को सारा जहाँ ख़ामोश होता है
फ़ज़ा[1] का ज़र्रा-ज़र्रा नींद से मदहोश[2] होता है
तेरा दिलकश तसव्वुर[3] जब उदूए-होश[4] होता है

दिले-ग़मगीं को कुछ भूले फ़साने याद आते हैं

सबा के छेड़ने से फूल जिस दम मुस्कुराते हैं
तयूरे-ख़ुशनवा[5] जब गुलस्तिां में गीत गाते हैं
ख़यालाते-परीशां[6] मुझको अश्क़े-ख़ूं रुलाते हैं

दिले-ग़मगीं को कुछ भूले फ़साने याद आते हैं

गुज़िश्ता[7] राहतों की दास्तानें मुझसे मत पूछो
मेरी मुब्हम ख़लिश की काविशों[8] को मुझसे मत पूछो
तसव्वुर किसका है 'अख़्तर' बस इसको मुझसे मत पूछो

दिले-ग़मगीं को कुछ भूले फ़साने याद आते हैं

---

1. वातावरण 2. मर्छित 3. ध्यान 4. होश नष्ट करने वाला 5. मधुरालाप करने वाले पक्षी 6. बिखरी भावनाएँ 7. विगत सुखों 8. टीस

अख़्तर

बेगम अख़्तर सिद्दीक़ी, सँडीला (हरदोई) की रहने वाली महिला हैं। ग़ज़लें लिखती हैं। ढंग पुराना है पर भाषा में सरलता है।

बार-बार एतबार करते हैं
तजरूबा एक बार करते हैं
हिज्र में ज़िक्रे-यार करते हैं
यूं ख़िज़ां को बहार करते हैं
देखकर हुस्न बेनक़ाब[1] उनका
सिज्दे बेइख़्तियार करते हैं
आप अपने पे रश्क[2] आता है
कि तमन्नाए-यार करते हैं
जान देते हैं हिज्र में 'अख़्तर'
लीजिए इख़्तिसार[3] करते हैं

1. खुला 2. ईर्ष्या 3. संक्षेप

अख़्तर

म० ज० बेगम नाम है और 'अख़्तर' तख़ल्लुस। गोरखपुर-निवासिनी। काव्य में प्रौढ़ता है।

उढ़ाई क्यों रंगो-बू की चादर फ़रेबे-हस्ती[1] ने आदमी को जब इसकी महदूद[2] हो चुकी हद, तो ख़ाक हासिल हो ज़िंदगी को मैं अपने ज़ौक़े-ख़ुदापरस्ती को ऐसे मर्कज़[3] पे ला रही हूं जहाँ न दैरो-हरम के बंदे ज़लील करते हों बंदगी को क़सम है ज़ौक़े-अमल की तुझको, क़दम बढ़ा इज़्तिराबे-हस्ती[4] ख़लिश तलब की नहीं है जिसमें वह ख़ाक पायेगा ज़िंदगी को चिराग़े-हस्ती[5] जला रही हूँ, हवा को तेज़ी का डर नहीं है कि मेरा ज़ौक़े-यक़ीं[6] बुझाने न देगा महफ़िल की रोशनी को नज़र में कोई समा रहा है, तमाम हस्ती पे छा रहा है छुपे-छुपे लुट रही हूँ 'अख़्तर' बचाऊँ कैसे मैं ज़िंदगी को

---

1. अस्तित्व कि भ्रम 2. सीमित 3. केन्द्र 4. जीवन की व्याकुलता 5. जीवन-दीप 6. विश्वास का रसानुभव

अदा

अज़ीज़ जहाँ नाम है ; 'अदा' तख़ल्लुस करती हैं। क़ाज़ी बदरुलहसन की पुत्री हैं। जन्म—1 अगस्त, 1924। 1938 ई० से उर्दू में लिखती हैं। आरम्भ में 'अख़्तर' शीररानी और 'असर' लखनवी से इस्लाह लेती थीं। भावनाओं एवं अनुभूतियों की प्रधानता इनके काव्य की विशेषता है। भाषा एवं भावों में प्रौढ़ता है।

जोश कहाँ, तड़प कहाँ, लज़्ज़ते-जुस्तजू कहाँ
मिलने को वो तो मिल गये, उनकी अब आरज़ू कहाँ
हिज्र था सोज़े-ज़िन्दगी, नग़मए-साज़े-ज़िन्दगी[1]
अब न रहे वो वलवले, वस्ल में आरज़ू कहाँ
पर्दे में थे तो नित-नये राज़ो-नियाज़[2] रहते थे
अब हैं नज़र के सामने, इश्रते-गुफ़्तगू[3] कहाँ
सामने वो न आयें तो सामना उनका हो सके
ताबे-नज़ारा[4] इश्क़ को हुस्न के रूबरू कहाँ
दिल था तो लाख जल्वे थे दिल जो नहीं तो कुछ नहीं
आने को आयेगी बहार दावते - रंगो - बू कहाँ
दामने-गुल है अंबरीं, इसमें तो शक नहीं 'अदा'
नकहते-रायगाँ कहाँ गेसुए-मुश्क-बू कहाँ

---

1. जीवन रूपी बाजे से निकला गीत 2. प्रेम की गोपनीय बातें 3. बातचीत का आनन्द 4. देखने का साहस

'एहसासे-अव्वली' शीर्षक से इन्होंने प्रारम्भिक प्रेम-पीड़ा की बड़ी सुन्दर अभिव्यक्ति की है :—

एक मौहूम[1] इज़्तिराब-सा[2] है
इक तलातुम-सा[3], पेचोताब-सा है
उमड़े आते हैं ख़ुद-बख़ुद आँसू
दिल पे क़ाबू न आँख पर क़ाबू
दिल में इक दर्द मीठा-मीठा-सा
रंग चेहरे का फीका-फीका-सा
सीने में इक चुभन-सी होती है
आँखों में इक जलन-सी होती है
सिर में पिन्हाँ[4] तसव्वुरे-मौहूम[5]
दिल में इक आरज़ूए-नामालूम[6]
रूह में[6] इन्तिशार-सा[7] क्या है
दिल को यह इंतिज़ार-सा[8] क्या है
घुटके रोते हैं, सदमे सहते हैं
क्या मुहब्बत इसी को कहते हैं

निस्तब्ध रात की चाँदनी में झील पर रूपकों की माला देखिए

आग़ोश[9] में ज़मीं के यह झील सो रही है
या चाँदनी सिमट कर आग़ोश हो गयी है
दीदार को थी मुज़्तर माहे-फ़लक-नशीं के
आँसू ठहर गया है रुख़्सार[10] पर ज़मीं के

1. भ्रमात्मक, काल्पनिक 2. व्याकुलता-सी, बेचैनी-सी 3. बाढ़-सी 4. प्रच्छन्न 5. भ्रमपूर्ण अनुध्यान 6. अज्ञात कामना 7. आत्मा में 8. बिखराव, अस्तव्यस्तता-सी 9. गोद 10. कपोल

पत्तों की आड़ लेकर महताब झाँकता है
या नौ-उरूसे-शब[1] ने घूँघट उलट दिया है
मह्वे - ख़िरामे - दिलकश दोशीज़ए - सबा[2] है
सब्ज़े[3] की जुंबिशों[4] में इक दिल धड़क रहा है
लर्ज़ां[5] है किसलिए यूँ है क्यूँ शिकन जबीं[6] पर
क्या याद आ रहा है ? क्यों हो रही है मुज़्तर[7]
क्यूँ दिल धड़क रहा है ? यूँ बेक़रार क्यों है
सूए-फ़लक[8] निगाहे-हसरत-शआर[9] क्यों है

प्रश्न का उत्तर देती हैं :—

"मुज़्तर हूँ इसलिए मैं नासाज़ है सुकूँ[10] अब
तक़दीर का है मंशा बेचैन ही रहूँ अब
तारा समझ के इक-इक ज़र्रे को चूमती हूँ
कुछ पा के खो दिया है अब उसको ढूंढती हूँ
तकती हूँ मैं फ़लक को हैरान हो रही हूँ
अरमाँ व आरज़ू की लाशों पे रो रही हूँ

◇ ◇ ◇

तनहा मुझे रहने दे

महदूद[11] ही रहने दे मासूम की दुनिया को
नाशाद[12] ही रहने दे मग़मूम[13] की दुनिया को

---

1. रात्रि की नव-विवाहिता 2. पुरवैया-रूपी नव-यौवना हृदय-हारिणी चंक्रमण (चहल-क़दमी) में व्यस्त है 3. हरीतिमा 4. आन्दोलनों 5. कम्पित 6. माथा 7. व्याकुल 8. आकाश की ओर 9. हसरत या लालसाभरी आँख 10. शान्ति 11. सीमित 12. हर्ष-रहित 13. शोकसंतप्त

बर्बाद ही रहने दे मज़लूम[1] की दुनिया को
पामाल[2] ही रहने दे महरूम[3] की दुनिया को
जिस हाल में भी मैं हूँ तनहा[4] मुझे रहने दे

इक प्रेम-पुजारिन को संसार से क्या मतलब
मदहोशे-मुहब्बत[5] को हुशियार से क्या मतलब
बेगानाए-दुनिया को आज़ार से क्या मतलब
दीवानाए-फ़ितरत[6] को इन्कार से क्या मतलब
जिस हाल में भी मैं हूँ तनहा मुझे रहने दे

ऐवाने-मुहब्बत[7] में रहज़न[8] का गुज़र क्यों हो
तक़दीस[9] की जन्नत पर ज़ुल्मत[10] का असर क्यों हो
इक ताइरे-बेकस[11] को सय्याद[12] का डर क्यों हो
नादाँ गुले-सहरा[13] पे गुलचीं[14] की नज़र क्यों हो
जिस हाल में भी मैं हूँ तनहा मुझे रहने दे

उम्मीद के ख़िर्मन[15] को आहों से जलाना क्या
शम्मए-रहे-मंज़िल[16] को अश्कों[17] से बुझाना क्या
ख़्वाबीदा तमन्ना[18] को नालों से जगाना क्या
मे' आरे-मुहब्बत[19] को नज़रों से गिराना क्या
जिस हाल में भी मैं हूँ तनहा मुझे रहने दे

---

1. अत्याचार-पीड़ित 2. पद-दलित 3. वंचिता 4. अकेली 5. प्रेमोन्मत्त 6. स्वभावतः पागल 7. प्रेम-प्रासाद 8. लुटेरे 9. पवित्रता 10. अंधकार 11. दुखी पंछी 12. बहेलिया 13. अजान मरु-पुष्प 14. माली, फूल चुनने वाला या वाली 15. खलिहान, भण्डार 16. मंज़िल के पथ की शम्मअ, (दीपक) 17. अश्रु 18. स्वप्निल कामना 19. प्रेम की मर्यादा, प्रेमादर्श, प्रेम की कसौटी

अदा

नाम—फ़े० बेगम। पैदा लखनऊ में हुईं पर शिक्षा-दीक्षा हैदराबाद (दक्षिण) में हुई। गद्य-पद्य दोनों लिखती हैं। कविता का एक नमूना यहां दिया जाता है :—

जब फ़ज़ा में सुकूत होता है
ज़र्रा-ज़र्रा जहाँ का सोता है
जब फ़लक पर घटाएँ छाती हैं
बिजलियाँ कौंदकर डराती हैं

और जब कोई ख़ौफ़ खाता है
रुख़े-रंगी[1] को ढाँप लेता है
मुझे मालूम होता है ऐसा
कि तुम्हारी जबीं की है ये ज़िया[2]
मह्व[3] पहरों उसी में रहती हूँ
दिल को तस्कीन यूँही देती हूँ
मगर अफ़सोस तुम नहीं आते

1. सन्दर मुख 2. आभा 3. लीन

आफ़ताब

आफ़ताब जहां नाम है; 'आफ़ताब' तख़ल्लुस करती हैं । ज़बान सरल है । भाव भी सुथरे हैं।

ख़ुशी का ज़िक्र क्या, ग़म का गिला[1] क्या
न हो मरना तो जीने का मज़ा क्या
नहीं मिलता मुहब्बत का निशाँ भी
यह बदली है ज़माने की हवा क्या
गुनाहे-इश्क़ की मैं मुर्तकिब[2] हूँ
ज़रा देखें वो देते हैं सज़ा क्या
तसव्वुर में वही बातें हैं उनसे
जुदा होकर वो होते हैं जुदा क्या
करम[3] करते नहीं, चलिए न कीजे
सितम की लज़्ज़तों का पूछना क्या ?
नहीं कुछ ए'तबारे - ज़िंदगानी
मगर दिल में तमन्नाएँ हैं क्या-क्या
मसर्रत[4] है, न उल्फ़त[5] है, न राहत[6]
इलाही तेरी दुनिया को हुआ क्या

1. शिकायत 2. अपराधी 3. कृपा 4. प्रसन्नता 5. प्रेम 6. आराम

आह

मैमूना बेगम नाम है, 'आह' तख़ल्लुस। भाषा सुलझी-साफ़ है। भावों में अभी इतनी प्रौढ़ता नहीं आई है पर उनसे प्रतिभा की किरणें झाँकती हैं।

हर घड़ी तुमको याद करती हूँ
हर घड़ी आह सर्द भरती हूँ
गाह[1] जीती हूँ गाह मरती हूँ
शुक्रे - पर्वरदिगार करती हूँ
दिन तो जूँ-तूँ गुज़र ही जाता है
शब को तारे शुमार करती हूँ
ज़िन्दगी मौत से भी बदतर है
सोके जीती हूँ, उठके मरती हूँ
इम्तिहाँ कैसा और कहाँ का सबक़
मैं फ़क़त तुमको याद करती हूँ
'आह' के साथ है तुम्हारी याद
याद के साथ आह करती हूँ

1. कभी

बद्र

बद्रे जहां क़ुरैशी नाम और 'बद्र' तख़ल्लुस है। खुर्जा (उत्तर-प्रदेश) की रहने वाली हैं। 'ग़ालिब' की छाया दिखाई पड़ती है :—

फ़ना[1] क्या, ज़ीस्त क्या, राज़े-बक़ा[2] क्या
जब उसके हैं फिर उसका पूछना क्या
नहीं दुनिया में कोई महमे - राज़[3]
सुनाऊँ हाले-दिल अपना भला क्या
निगाहें कर रही हैं राज़े-दिल फ़ाश[4]
तेरे ख़ामोश रहने से हुआ क्या
फ़ना में है बक़ा का राज़ पिनहाँ[5]
न हो मरना तो जीने का मज़ा क्या
वफ़ा हो उठ गयी दुनिया से जब 'बद्र'
फिर अपने और पराये का गिला क्या

---

1. विनाश 2. अमरत्व का रहस्य 3. हृदय की गोपनीय बातें जानने वाला सखा 4. प्रकट 5. प्रच्छन्न

रुस्वा

हज़रत 'रुस्वा' की जीवन-संगिनी हैं। कविता प्रौढ़ है। भाव ऊँचे हैं। कहने का ढंग भी सरल एवं आकर्षक है।

फ़ना होके मुझे लुत्फ़े-बक़ा मालूम होता है
जिधर आँखें उठाता हूँ ख़ुदा मालूम होता है
बुला ले हाँ, बुला ले बेकसी गोरे-ग़रीबाँ की
कोई मेरी लहद को ढूँढता मालूम होता है
इलाही ख़ैर फिर मुझको किसी की याद आई है
जिगर में आज दर्द उठता हुआ मालूम होता है
अभी टूटी हुई उम्मीद में कुछ जान बाक़ी है
अभी ऐ हमनशीं ! कुछ आसरा मालूम होता है
वही का'बा में है 'रुस्वा' वही बुतख़ाना में भी है
हमें तो ज़र्रे-ज़र्रे में ख़ुदा मालूम होता है

बिर्जीस

आम्ना बिर्जीस नाम और 'बिर्जीस' तख़ल्लुस है। अपनी अनुभूतियों को कविता में व्यक्त करने में इन्हें बड़ी सफलता प्राप्त हुई है।

तसव्वुरात के मोती लुटा रही हूँ मैं
तुम्हारी याद में आँसू बहा रही हूँ मैं
शबे-फ़िराक़ में यूँ उनकी याद आती है
कि जैसे उनको भी ख़ुद याद आ रही हूँ मैं

◇ ◇ ◇

तख़य्युल[1] निगाहों से शर्मा रहा है
कोई आज रह-रह के याद आ रहा है
कहीं जैसे देखा था इक ख़्वाबे-रंगीं
तुम्हें देखकर यह ख़याल आ रहा है
लबे-ज़िन्दगी पर मुहब्बत का नग़मा
तेरी आरज़ू बनके थर्रा रहा है
तमन्नाए-दिल आज फिर जाग उठी है
कोई नग़मए-शौक़ फिर गा रहा है

---

1. कल्पना

पिनहाँ

नाम सपआरा ख़ातून उर्फ़ राबिआ, तख़ल्लुस 'पिनहाँ'। जन्म 7 अगस्त, 1906 ई०, सहारनपुर। 'पिनहाँ' की गिनती उर्दू की श्रेष्ठ कवयित्रियों में की जाती है।

नियाज़ो-नाज़[1] नामक़बूल दोनों
न समझी मैं कि है तेरी रज़ा क्या
जबीने-हुस्न पर[2] सुर्ख़ी-सी दौड़ी
निगाहे-आरज़ू ने कर दिया क्या
न जाने क्या समझकर हँस पड़े हैं
यह है तमहीद[3] ज़ोक़-ए'तिना[4] क्या
जफ़ा-ओ-नाज़ की ख़ूगर हो 'पिनहाँ'
ख़ुदा मालूम, है रस्मे-वफ़ा क्या

1. प्रार्थना और हावभाव 2. सौन्दर्य के माथे पर 3. भूमिका 4. सहानुभूति 5. आदि

तस्नीम

जमीला ख़ातून नाम और 'तस्नीम' तख़ल्लुस है। मलीहाबाद की रहनेवाली हैं। इनकी कविता में गहरी वेदना का करुण स्वर है।

ज़िन्दगी को एक बह्रे-बेकराँ[1] पाती हूँ मैं
उनके हाथों मिटके उम्रे-जाविदाँ[2] पाती हूँ मैं
ख़ुद-बख़ुद दिल हो गया दोनों जहाँ से बेनियाज़[3]
अब ज़मीने-इश्क़ गोया आस्मां पाती हूँ मैं
झुटपुटे से दिल बुझा रहता है तेरी याद में
चाँदनी रातों में अश्कों को रवाँ पाती हूँ मैं
सैंकड़ों सिज्दे[4] तड़पते हैं जबीने - शौक़[5] में
ऐ हक़ीक़त[6] तेरा नक़्शे-पा[7] कहाँ पाती हूँ मैं
अब भी आँसू बह निकलते हैं किसी की याद में
अ़न्दलीबे-ज़ार[8] को जब नौहा-ख़्वाँ[9] पाती हूँ मैं
अपना ऐ 'तस्नीम' इस दुनिया से घबराता है दिल
याँ की हर शै[10] को फ़क़त[11] वह्मो-गुमाँ[12] पाती हूँ मैं

1. अपार सागर 2. अमर जीवन 3. अनासक्त 4. प्रणिपात 5. उत्कण्ठा के ललाट में 6. सत्य 7. चरण-चिन्ह 8. दुखी बुलबुल 9. रोदनशील 10. वस्तु 11. केवल 12. कल्पना और भ्रम

जमाल

बिलक़ैस 'जमाल' या 'जमाला' बरेलवी आधुनिक उर्दू की श्रेष्ठ कवयित्रियों में गिनी जाती हैं। जन्म—8 दिसम्बर, 1909 ई०, स्थान बरेली। नज़्मों के दो संग्रह 'आईनए-जमाल' (सौन्दर्य-दर्पण) और 'क़ौसे-क़ुज़ह' (इन्द्रधनुष) छप चुके हैं।

तुरबत पे चढ़ें फूल न बत्ती न दिया हो
इक दाग़ उभर आये जो इन सबसे सिवा हो
आईनए-दिल चूर हो इक ज़र्ब[1] से हू[2] की
टूटे हुए हर टुकड़े में तू जल्वा-नुमा हो
दर-पर्दा[3] यह आलम है कि हर आँख ने देखा
ज़ाहिर[4] में यह पर्दा न कोई देख रहा हो
पैमानए-हस्ती[5] मेरे होंटों से लगाकर
इर्शाद यह होता है कि सरज़द[6] न ख़ता हो

◇ ◇ ◇

1. आघात, चोट 2. शून्य, ब्रह्म 3. पर्दे के अन्दर, ओट में 4. प्रकट 5. जीवन-पात्र 6. घटित

चले तलाश में उसकी रहे-तलब में मगर
कुछ ऐसे खोये कि अपनी ख़बर भी न पा सके
जफ़ाए-अहले-वतन की यह इन्तिहा है 'जमाल'
क़सम तक अपने वतन की हम आह खा न सके

हिजाब

शहज़ादी तैमूर जहाँ देहलवी नाम और 'हिजाब' तख़ल्लुस है। मुग़ल राजवंश की कन्या हैं । 15-16 साल की उम्र से शे'र कहती हैं।

क़ौमियत की आवाज़ देखिए—

जिसकी क़िस्मत में है इफ़्लास[1] वह तक़दीर हो अब
आलमे - यास[2] की इक बोलती तस्वीर हो अब

तब क्या करो ?

गर है हिम्मत तो न यूं वक़्फ़े-फ़ुग़ाँ[3] हो जाओ
एक दिल एक जिगर एक ज़बाँ हो जाओ
क़तरे मिल जायें जो आपस में तो दरिया होगा
क़ौम के दर्द का इस तरह मुदावा[4] होगा
जान और माल दो तुम अपनी ही इज़्ज़त के लिए
ज़िन्दगी वक़्फ़ करो क़ौम की ख़िदमत के लिए

---

1. कंगाली 2. निराशा की दुनिया 3. रोदन पर उत्सर्ग अर्थात् रोकर मिट जाना 4. शमन, उपचार, चिकित्सा

हज़ीं

साबिरा सुलतान नाम है, 'हज़ीं' तख़ल्लुस। जन्म : फ़रवरी 1919।

तुझे क़सम है मेरी बेक़रार आहों की
तुझे क़सम है मेरी अश्कबार[1] आँखों की
तुझे क़सम मेरे दीवानावार हाथों की
अमीने-क़ल्बे-हज़ीं[2] मेरी दास्ताँ सुन ले

है एक ज़ोशिशे-बाएँ[3] सा आज आँखों में
है एक ख़्वाबे-परीशां[4] सा आज आँखों में
है एक तहीयए-तूफ़ाँ[5] सा आज आँखों में
अमीने-क़ल्बे-हज़ीं मेरी दास्ताँ सुन ले

यह मेरा नाला[6] कहीं तेरा ही तराना न हो
मेरी हिकायते-ग़म तेरा ही फ़साना न हो
यह हर्फ़े-शौक़ कहीं राज़े-महरमाना[7] न हो
अमीने-क़ल्बे-हज़ीं मेरी दास्ताँ सुन ले

◇ ◇ ◇

1. अश्रुस्रावी 2. हज़ीं के दिल के अमानतदार 3. बरसात की बाढ़ 4. बिखरा हुआ स्वप्न 5. तूफ़ानी इरादा 6. रोदन 7. सखा का ही रहस्य

एक ग़ज़ल देखिए—

यह रब्तो-ज़ब्त कहाँ तक निभाये जाऊँ मैं
कि दिल का ख़ून हो और मुस्कराये जाऊँ मैं
वह इक निगाह जो हस्ती पे छाई जाती है
तुम्हीं बताओ कहाँ तक छुपाये जाऊँ मैं
जो कोई सुनता रहे बैठकर पसे - पर्दा
तमाम उम्र इसी तरह गाये जाऊँ मैं
लबों पे दम है मगर उनका हुक्म है यह 'हज़ीं'
कि दास्ताने-मुहब्बत सुनाये जाऊँ मैं

◇ ◇ ◇

आज उनको बुला रही हूँ मैं
अपनी दुनिया बसा रही हूँ मैं
फिर तसव्वुर में हैं यह राज़ो-नियाज़
कोई रूठा मना रही हूँ मैं
उनके क़दमों पे आज रख के जबीं
क़िस्सए-ग़म सुना रही हूँ मैं

हमीदा

हमीदा ख़ातून नाम और 'हमीदा' तख़ल्लुस हैं। नज़्में अच्छी लिखती हैं। कहानियाँ भी लिखी हैं।

ख़ुशी के चहचहों से दूर यह सुनसान बस्ती है
यहाँ हर सिम्त[1] वीरानी ही वीरानी बरसती है
क़यामत की सियाही है क़यामत का अँधेरा है
ज़मीं को हर तरफ़ वहशत ने तारीकी ने घेरा है
ज़मीं पर हर ख़ुश्क पत्तों की अचानक सरसराहट से
झिझक उठते हैं इंसानी क़दम अपनी ही आहट से
बदन में सनसनी पैदा है तारीकी के छाने से
लरज़ जाता है दिल हर गाम[2] पर रस्ता न पाने से
तुम इन टूटी हुई क़ब्रों की बर्बादी पे मत जाओ
हक़ीक़त से तुम्हें आगाह करती हूँ इधर आओ
यहाँ के साकिनों[3] की बाहरी हालत को जाने दो
ज़माना गर निशाँ इनका मिटाता है मिटाने दो
जो सच पूछो तो कितनी रश्क[4] के क़ाबिल यह हालत है
मयस्सर इनको कितनी चैन है, कितनी फ़राग़त[5] है

---

1. दिशा 2. पग 3. निवासियों 4. ईर्ष्या 5. फ़ुर्सत

न दुनिया के बखेड़े हैं मुसीबत है न बीमारी
न आपस की अ़दावत[1] है, न चालाकी, न अ़य्यारी
मयस्सर है यहाँ आलम के सब फ़िक्रों से आज़ादी
ख़मोशी और सुकूं का घर है यह वीरान आबादी
यहाँ की सरज़मीं इक दूसरे आलम में शामिल है
यहाँ ग़मनाक रूहों को दवामी ऐश[2] हासिल है
यहाँ टूटे दिलों को मरहमे-तस्कीं मुहय्या है
यहाँ की नीद इंसानी मसायब[3] का मुदावा[4] है
शिकस्ता-ख़ातिरों[5] की आख़री मंज़िल है यह बस्ती
थके-हारे हुओं की जाविदाँ[6] महफ़िल है यह बस्ती

1. शत्रुता 2. शाश्वत सुख 3. विपत्तियाँ 4. उपचार 5. भग्न हृदयों 6. अमर

हूर मेरठी

गौहर इक़बाल नाम और 'हूर' तख़ल्लुस है। इनके काव्य में प्रवाह तथा शिद्दत है। भारतीय स्त्रियों को पुकारकर कहती हैं :—

जागो, जागो बहिनो जागो

सूरज सिर पर आन चढ़ा है सारा ज़माना जाग उठा है
हर फ़िर्क़ा हक़ माँग रहा है तुम सोती हो क़ह्रे-ख़ुदा है

जागो, जागो बहिनो जागो

क़ौम है मुर्दा जान तुम्हीं हो जीने का सामान तुम्हीं हो
शान है तुमसे शान तुम्हीं हो शान तुम्हीं हो आन तुम्हीं हो

जागो, जागो बहिनो जागो

अह् दे ग़ुलामी मौत से बदतर सारी बलायें ले लो सर पर
छाओ जहाँ पर रहमत बनकर पहिनो आज़ादी का ज़ेवर

जागो, जागो बहिनो जागो

फ़ाक़ों की मारी बहने माएँ रोटी के बदले जो ग़म खायें
भूखे बच्चे आँसू बहायें कब तक देखोगी ये दशायें

जागो, जागो बहिनो जागो

हया

कनीज़ फ़ातमा नाम और 'हया' तख़ल्लुस है। चौधरी ने'मतउल्ला एडवोकेट की पुत्री और चौधरी अब्दुलरहमान (संडीला, हरदोई) की पत्नी हैं। इन्हें बचपन से साहित्य-सेवा का शौक़ है। लखनऊ से 'हया' नामक एक साहित्यिक पत्रिका भी, कुछ दिनों तक, प्रकाशित करती रहीं।

मुझे भूल जा

मेरे लब से आती है यह सदा मुझे भूल जा मुझे भूल जा
मेरी याद दिल में ज़रा न ला यही मस्लहत[1] का है इक़्तिज़ा[2]
मुझे तुझसे कोई नहीं गिला[3]
मुझे भूल जा मुझे भूल जा
मेरे दूर रहने का ग़म न कर मेरे छूटने का अलम[4] न कर
मुझे नामा[5] ख़ूँ से रक़म[6] न कर मेरे दिल पे उफ़ यह सितम न कर
मेरा तज़किरा भी न लब पे ला
मुझे भूल जा मुझे भूल जा

---

1. परामर्श, हित 2. माँग 3. शिकायत 4. दुख 5. पत्र 6. लेखन

मैं रहीने - मिन्नते - यास[1] हूँ हुईं मुद्दतें कि उदास हूँ
ग़मे - आरज़ू के पास हूँ मैं अलम की लुत्फ़-शनास[2] हूँ
तुझे क्यों है मिलने का आसरा
मुझे भूल जा मुझे भूल जा
तेरा दिल है रंज से क्यों लहू नहीं अब है मुझमें वो रंगो-बू तुझे
क्यों है दीद[3] की आरज़ू तेरे दिल को क्यों है यह जुस्तजू[4]
तुझे क्यों नसीब से है गिला
मुझे भूल जा मुझे भूल जा
तुझे चाहता है दिले-हज़ीं[5] करूँ लाख मुँह से नहीं नहीं
हूँ तेरे ख़याल से मैं क़रीं[6] मैं कहीं हूँ और मेरा दिल कहीं
है दिले-हज़ीं का यह मुछआ
मुझे भूल जा मुझे भूल जा
मेरे लब बे बस तेरा नाम है तेरी याद से मुझे काम है
मुझे चैन सुबह न शाम है मेरा तुझसे अब यह पयाम है
मेरे इश्क़ का यही दे सिला[7]
मुझे भूल जा मुझे भूल जा
वही दिल में शाहिदे-नाज़ है[8] वही सोज़ है वही साज़ है
वही अपने पहलू में राज़ है वही इश्क़ फ़ित्ना-तराज़ है
मेरी अब है तुझसे यह इल्तिजा
मुझे भूल जा मुझे भूल जा

---

1. निराशा की मिन्नत के प्रति गिरवी, निराशा के हाथों रेहन 2. स्वाद जानने वाली 3. दर्शन 4. खोज 5. दुखी दिल 6. समीप 7. पुरस्कार, प्रतिफल 8. हावभाव वाला साक्षी।

जो न ख़त्म हो वो मैं रात हूँ जो न बन सके मैं वो बात हूँ
कोई ज़ात हूँ न सिफ़ात[1] हूँ मैं असीरे-दामे-हयात[2] हूँ

मैं हूँ एक नालए - नारसा[3]
मुझे भूल जा मुझे भूल जा

न वो अब है लुत्फ़े-चमन 'हया' न रहा वो ज़ौके-सुखन 'हया'
न वह ख़ौफ़-चर्ख़े-कुहन[4] रहा है सुकूत में हमातन 'हया'

तसव्वुरात

न छेड़ ऐ हमनशीं मुझको युँही ख़ामोश रहने दे
तसव्वुर से किसीके मुझको हम-आग़ोश[5] रहने दे
मैं सरशारे-मुहब्बत[6] हूँ मुझे मदहोश[7] रहने दे
अज़ल[8] से ख़ूगरे-ग़म[9] हूँ, मुझे ग़मकोश[10] रहने दे
न छेड़ ऐ हमनशीं मुझको युँही ख़ामोश रहने दे

मुझे क्या वास्ता दुनिया जो सरतापा मसर्रत[11] है
ग़रज़ क्या मुझको गर दुनिया सदाए-साज़े-इश्रत[12] है
मैं उसकी याद में बस मह्व[13] हो जाऊँ यह हसरत है
इसी में आह पिनहाँ[14] मेरी राहत और मसर्रत है
न छेड़ ऐ हमनशीं मुझको युँही खामोश रहने दे

---

1. गुणी 2. जीवन-जाल का बंदी 3. निष्फल रोदन 4. बूढ़े आकाश का भय 5. आलिंगनबद्ध 6. प्रेम से छकी हुई 7. नशे में बेहोश 8. आरम्भ 9. दुःख की अभ्यस्त 10. दुःख सहने वाली 11. ऊपर से नीचे तक आनन्द ही आनन्द 12. सुख-वाद्य की ध्वनि 13. लीन 14. छुपी हुई

सुना है ध्यान उनको बढ़ चला है इन दिनों मेरा
मैं ग़र्क़े-बहरे-हैरत हूँ कि आख़िर क्यों हुआ ऐसा
भुलाकर मुझको दिल से क्यों उन्हें मेरा ख़याल आया
कहूँ मैं कुछ तो फिर होगा मेरा अग़ियार में चर्चा
न छेड़ ऐ हमनशीं मुझको युँही ख़ामोश रहने दे

लगावट की हैं बातें फिर बढ़ेगा हौसला दिल का
कि फिर वाबस्ता हो जायेगा उनसे आसरा दिल का
यह सोचा है कि हम ऐसे न मानेंगे कहा दिल का
शिकायत हो, गिला हो, कुछ न सुनना तुम 'हया' दिल का
न छेड़ ऐ हमनशीं मुझको युँही ख़ामोश रहने दे

'ज़ोहरा'

ज़ोहरा हाशमी नाम, 'ज़ोहरा' तख़ल्लुस था। जामनवाई बदायूँनी की पत्नी थीं। शादी के बाद पति के सत्संग से शे'र कहने लगी थीं और अच्छा कह लेती थीं। इनकी ज़िन्दगी पति के प्रति स्त्री की गहरी निष्ठा और उत्सर्ग की भावना का एक उदाहरण है।

दोनों में बड़ा प्रेम था। एक बार की बात है कि जामनबाई साहब बीमार हुए। ज्यों-ज्यों दवा हुई बीमारी बढ़ती ही गई। यहाँ तक कि हालत नाज़ुक हो गई। उस समय उन्होंने 'बीमार शौहर के सिरहाने' शीर्षक से एक कविता लिखी जिसमें भगवान से विनय की गई थी कि तू मेरे शौहर को अच्छा कर दे और उनके बदले मेरी ज़िन्दगी ले ले। संयोग या जो भी समझिए, इस विनय के बाद जामनवाई साहब अच्छे हो गए और ज़ोहरा बीमार पड़ गईं और आखिर में 2 अक्टूबर, 1942 ई० को उनकी मृत्यु-शय्या पर पड़े-पड़े मृत्यु हो गई। अपने शौहर के नाम एक नज़्म लिखी और उसे तकिये के एक ग़िलाफ़ में छुपा दिया जो उन्होंने बीमारी की हालत में भी अपने शौहर के लिए बनाया और काढ़ा था। यह नज़्म उनकी मृत्यु के बहुत दिन बाद इस ग़िलाफ़ से मिली थी। इसमें एक पत्नी एवं माँ के हृदय की धड़कनें हैं। कुछ शे'र आगे दिये जाते हैं :—

मेरे बाद

जाँ-गुसिल[1] है यह तख़य्युल[2] किस क़दर मेरे लिए
बाद मेरे तुम रहोगे नौहा-गर[3] मेरे लिए
घर में आकर हस्बे-आदत जब न पाओगे मुझे
ख़ाक उड़ाओगे न क्या-क्या दर-बदर मेरे लिए
शिद्दते - ग़म[4] में बहेंगे सुर्ख़ आँसू आँख से
ख़ून रोयेगी तुम्हारी चश्मे-तर मेरे लिए
देखकर रोते तुम्हें मेरी लरज़[5] जाती है रूह[6]
हैं तुम्हारे दिल पे सदमे किस क़दर मेरे लिए
क्या करोगे बाद में जब आज मेरे जीते - जी
हो परीशाँ और ग़मगीं इस क़दर मेरे लिए
मैं हुई कुर्बान तुम पर फ़र्ज़ था मेरा यही
तुमको वाजिब है जियो तुम उम्र भर मेरे लिए
तुम अगर रोओगे मेरी याद में बच्चों की तरह
होवेगा सदमा बड़ा यह रूह पर मेरे लिए
मेरे बच्चों से मुहब्बत करते रहना उम्र भर
जानते रहना उन्हें नूरे - नज़र[7] मेरे लिए
ज़िन्दगी भर मैंने चाहा है तुम्हारा जानकर
चाहना तुम इनको मेरा जानकर मेरे लिए
मैं मरी जाती हूँ इस ग़म में कि ये बच्चे मेरे
बाद में मेरे कहीं फोड़ें न सिर मेरे लिए

---

1. प्राणवेधक 2. कल्पना 3. मृत्यु पर रोने वाला 4. दुःख़ की प्रबलता 5. कम्पित 6. आत्मा 7. आँखों की ज्योति

दिल फटा जाता है मेरा आह मेरी बच्चियाँ
किस क़दर रोयेंगी हर-हर बात पर मेरे लिए
उफ़ वह मेरी आँख का तारा मेरा 'अच्छे मियाँ'
उम्र भर रक्खेगा अपनी आँख तर मेरे लिए
रोयेगा बेताब हो - होकर दहाड़ें मारकर
रखके अपना हाथ अपने क़ल्ब[1] पर मेरे लिए
आह! दिल है कितना नन्हा-सा मेरे महताब[2] का
आह! यह तड़पा करेगा किस क़दर मेरे लिए
मैंने अब तक दिल किसी का भी दुखाया ही न था
अब दुखेंगे कुद्रतन क़ल्बो-जिगर मेरे लिए
आह, यह बेकार-सी हस्ती[3] तो इस क़ाबिल न थी
सबके दिल में इक मुहब्बत थी मगर मेरे लिए
चाहना अपने जिगरपारों[4] को मेरा जानकर
अब यह मेरे हैं तुम्हारे थे मगर मेरे लिए
सब बता दी हैं तुम्हें बातें लिखूं अब और क्या
ज़ाहिरा तैयार है सर पर सफ़र मेरे लिए
जो ख़ता[5] मुझसे हुई हो बख़्श[6] दो लिल्लाह तुम
जिस तरह करते रहे हो उम्र भर मेरे लिए
मैं तुम्हारी थी, तुम्हारी हूँ और इसके बाद भी
तुम ही होगे ख़ुल्दो-फ़िर्दौसे-नज़र[7] मेरे लिए

---

1. दिल 2. चाँद 3. जीवन 4. जिगर के टुकड़ों 5. अपराध 6. क्षमा 7. मेरी दृष्टि के स्वर्ग

बाद उम्रे-ख़िज़्र अब आकर मिलोगे मुझसे तुम
और जब जन्नत में होगी यह ख़बर मेरे लिए
तुमको गुलगाहे - वफ़ाए-जाविदाँ[1] मैं लाऊँगी
साथ में हूरों के नग़माते - मसर्रत[2] गाऊँगी

1. अमर निष्ठा का पुष्पोद्यान 2. आनन्द-गान

ज़ोहरा

के० एफ० ख़ातून नाम और 'ज़ोहरा' तख़ल्लुस। वतन—बलिया।

'पैकरे-अस्मत'[1]

(शादी के बाद, रुख़सत के वक़्त, ग़रीबी के आलम में एक बूढ़े बाप की अपनी बेटी को नसीहत)

शहर के शोरो-शग़ब[2] से और आज़ादी से दूर
एक मैदाँ के किनारे और आबादी से दूर
है पड़ा एक झोंपड़ा मौसम का मुँह देखे हुए
तल्ख़िए-दौराँ[3] की पैहम[4] झिड़कियाँ खाये हुए
ऐश के पैहम तख़य्युल का कभी पाला हुआ
मुफ़लिसी के सर्द हाथों का कभी मारा हुआ
झिलमिलाता इक दिया कोने में है जलता हुआ
क़िस्सए - रंजो - अलम को हाय दोहराता हुआ

---

1. अस्मत (सतीत्व) की मूर्ति 2. कोलाहल 3. ज़माने की कड़वाहट 4. निरन्तर

एक बेटी, बाप - ओ - माँ हैं ग़र्क़े - सैलाबे - मेहन[1]
हो गयी है दरहमो - बरहम[2] ख़ुशी की अंजुमन[3]
सुबहदम बेटी की रुख़सत का तख़य्युल बार-बार
बेनवाई[4] से वह अपनी और भी हैं बेक़रार
एक चादर भी नहीं बेटी को देने के लिए
दौलते - मासूमे - अ़स्मत[5] को छुपाने के लिए
झुक गयी है पाए-ग़ुर्बत[6] पर तमन्ना की जबीं[7]
होके हसरत ले रही है सिसकियाँ खिल्वत - नशीं[8]
इक तरफ़ सामान कुछ टूटे हुए फूटे हुए
और ग़ुर्बत की मदद से मौत के लूटे हुए
इक़ तरफ़ कोने में जाले मकड़ियों के जा-ब-जा
और बूढ़ा बाप भी है इक तरफ़ लेटा हुआ
इक तरफ़ इक बोरिये पर हुस्न की तस्वीर है
राहते-जाने-पिदर[9] है, ग़म की इक तफ़्सीर[10] है
चाँद चेहरे से अ़याँ[11] है, चाल से मस्ती अ़याँ
हैं मगर रंजो-अलम के दाग़ सीने में निहाँ
आँख शर्मीली, नज़र नीची, फ़िदा जिस पर हिजाब[12]
ले रहा है करवटें सोया हुआ दिल में शबाब
माँ है उसके सामने मदहोश-सी लेटी हुई
अश्क़े-ग़म से पैकरे-ग़ुर्बत[13] का मुँह धोती हुई

---

1. श्रम एवं कष्ट की बाढ़ में डूबे हुए 2. छिन्न-भिन्न 3. सभा 4. कंगाली 5. सतीत्व का निर्दोष धन 6. दरिद्रता के चरण 7. आकांक्षाओं का माथा 8. एकान्त-वासिनी 9. पिता के प्राणों की शान्ति 10. भाष्य, व्याख्या 11. व्यक्त, प्रकट 12. लज्जा 13. दीनता की मूर्ति

एक बेटी के बिछुड़ने से है वीराँ हर नज़र
दिल धड़कता थरथराते हाथ पिघला-सा जिगर
फ़ुर्क़ते-ग़म[1] से ज़ब्ते-ग़म का बाप को यारा न था
एक बेटी के सिवा कोई उसे प्यारा न था
दिल में पैदा आख़री दीदार का अर्मां हुआ
हाँपता गिरता हुआ, बेटी से आकर यों कहा
ऐ मेरी नूरे-नज़र! तू इस क़दर रोती है क्यों
तायरे-रूहे-हज़ीं[2] को और तड़पाती है क्यों
जानता हूँ दिलनशीं उल्फ़त से तू मजबूर है
दिल की राहत के तड़पने से बहुत रंजूर[3] है
मानता हूँ ऐ सुकूने-क़ल्ब[4] कि अर्मां है तू
दर्दे-दिल का एक हँसती-खेलती दर्मां[5] है तू
है मुझे तस्लीम बेटी तू मेरा आराम है
दस्ते-क़ुद्रत का मुक़द्दर बेबहा इनआम है
क्या करूँ क़ुद्रत से मैं लाचार हूँ मजबूर हूँ
इस ज़ईफ़ी में भला मैं तुझसे कब रंजूर हूँ
गोशे-दिल[6] से चंद बातें सुन मेरी बेटी है तू
जानता हूँ मेरे छूटने से बहुत रोती है तू
बारगाहे-आफ़रीनिश[7] में तुझे इज़्ज़त मिली
अ़ज़्मत-ओ-इफ़्फ़त[8] की तुझको बेबहा[9] दौलत मिली

1. अधिकता, बाहुल्य 2. दुखी आत्मा का पक्षी 3. दुखी 4. हृदय की शान्ति 5. दवा, उपचार 6. दिल के कानों से 7. सृष्टि (संसार) की सभा, दरबार 8. महिमा एवं पवित्रता 9. अपार

तेरी ही फ़ितरत से क़ायम है सुरूरे-ज़िन्दगी[1]
तू जो चाहे तो बढ़ा सकती है नूरे-ज़िन्दगी[2]
अपने शौहर की इताअ़त[3] से न घबराना कभी
देखना पैहम[4] मुसीबत से न दब जाना कभी
साथ रखना शर्मो-इस्तक़लाल[5] को ईमान को
उम्र भर राहे-वफ़ा में सास के फ़र्मान को
फ़िक्र क्या? कुछ भी नहीं, तुझको छुपाने के लिए
चादरे-अ़स्मत है गर इज़्ज़त बचाने के लिए
ज़ेवरे - सब्रो - रज़ा ख़ुद बाइसे - तज़ईन[6] है
इन्किसारी[7], बुर्दबारी[8], बाइसे - तमकीन[9] है
देखना धब्बा न आने पाये तेरे नाम पर
देखना हँसने न पाये कोई तेरे काम पर
जिस घड़ी मरना मेरा रह - रह तुझे तड़पायगा
रिश्तए-उल्फ़त मेरा जब याद तुझको आयगा
मेरी बातों को नज़र के सामने रखकर ज़रा
ग़ौर करना किस क़दर तूने मेरा कहना किया
गर है वाक़िफ़ तू मेरी हर बात के अंजाम से
फिर समझना मैं भी ज़ेरे-ख़ाक[10] हूँ आराम से

---

1. जीवन का आनन्द 2. जीवन-ज्योति 3. आज्ञापालन 4. निरन्तर 5. दृढ़ता तथा लज्जा 6. शृंगार का साधन 7. नम्रता 8. सहनशीलता 9. प्रतिष्ठा का कारण 10. मिट्टी के नीचे

छोड़ दे ऐ मेरी बेटी, मेरा दामन छोड़ दे
चार दिन की दिलनशीं उल्फ़त का रिश्ता तोड़ दे
मेरी बातों पर अमल करना तू ऐ बेटी मुदाम[1]
उनसे हल हो जायँगे उलझे हुए सब तेरे काम
झिलमिलाकर फिर नज़र आयेगा ग़ुर्बत का चिराग़
और पायेगा जिला फिर तेरा निस्वानी दिमाग़[2]
फिर तुझे मिल जायगा बेटी सुकूने - ज़िन्दगी
दौड़ जायेगा तेरी नब्ज़ों में ख़ूने - ज़िन्दगी
फिर वह दिन आये कि जिससे रंज तेरा दूर हो
तेरी ख़िदमत से मेरा दिल शाद हो मसरूर[3] हो

1. सदव 2. स्त्री-बुद्धि 3. प्रसन्न

ज़ेब उस्मानिया

नाम ताजवर और तख़ल्लुस 'ज़ेब' है जन्म : 12 दिसम्बर, 1913 कविताओं का संग्रह 'मुताअ़ हरम' नाम से निकला है।

मक़सदे-हयात[1]

भूल के भी न दर्द को दिल से कभी जुदा समझ
शाहिदे-दिलनवाज़[2] की यह भी कोई अ़ता[3] समझ
अम्र की आरज़ू न कर, अम्र का मुद्दआ है मौत
हर नफ़से-हयात[4] को दर्द में मुब्तला समझ
शाहरहे-हयात[5] में रहबर[6] व राहज़न[7] न बन
अपने सफ़र का मुछआ इनसे कहीं सिवा समझ
मंज़िले-हस्तो-बूद[8] में तेरा मुक़ाम है बुलन्द
मेह्रो-महो-नुजूम[9] को अपने निशाने-पा[10] समझ
'ज़ेब' हरीमे-क़ल्ब की ख़ाक में जब जुमूद[11] है
फ़ित्ना कोई उठा समझ, हश्र कोई बपा समझ

1. जीवनोद्देश्य 2. दिल को तसल्ली देनेवाला माशूक 3. देन, दान 4. जीवन-प्रश्वास 5. जीवन-मार्ग 6. नेता, पथदर्शक 7. बटमार, लुटेरा 8. अस्तित्व की मंज़िल 9. सूर्य, चन्द्र तथा तारे 10. चरणचिन्ह 11. जमाव, अवरोध

सईदा

सईदा ख़ातून नाम है, 'सईदा' तख़ल्लुस करती हैं। उर्दू के प्रसिद्ध हास्य-लेखक 'शौकत' थानवी की विधवा।

शबे-फुर्क़त की बेताबी से मैं वाक़िफ़[1] नहीं लेकिन
किसी ने जैसे कांटे रख दिये हैं आज बिस्तर में
तख़य्युल[2] है कि वहशत[3] है समझ ही में नहीं आता
ख़ुदा क्योंकर नज़र आता है हर ख़ामोश मंज़र[4] में
नहीं मालूम उसके बाद कितने इन्कलाब[5] आये
जुनूं[6] के साथ इक सहरा[7] भी आया था मेरे घर में

◇ ◇ ◇

दम न निकला इन्तज़ारे - यार में
नींद कैसी दीदए - बेदार[8] में
नब्ज़ नाहक़ देखते हो बार-बार
जान भी बाक़ी है जिस्मे-ज़ार में ?

1. परिचित 2. कल्पना 3. उन्माद 4. मौन दृश्य 5. परिवर्तन 6. पागलपन 7. मरुस्थल 8. जगती, खुली आँखें

सकीना

सकीना महमूद नाम और 'सकीना' तख़ल्लुस है। इनके कलाम में सोज़ोगुदाज़ है।

हर क़दम पर इक नया मंज़र है मेरे सामने
कह नहीं सकती कहाँ मुझको लिये जाता है दिल
बेकसीहाए - मुहब्बत[1] की सुनाकर दास्ताँ
दिल को तड़पाती हूँ मैं और मुझको तड़पाता है दिल
एक वो दिन थे कि खो जाते थे ज़ौक़े-इश्क़[2] में
अब मुहब्बत के तसव्वुर[3] से भी घबराता है दिल

⚜ ⚜ ⚜

1. प्रेम की बिपत्तियाँ 2. प्रेमावेश 3. ख़्याल

शबनम

ताहिरा ख़ातून नाम है, 'शबनम' तख़ल्लुस करती हैं। कहने का ढंग अच्छा और साफ़ है।

तासीर तुझे जज़्बए - दिल की है दिखानी
इक़रारे - मुहब्बत करें वह अपनी ज़बानी
दिलचस्प हैं जिस दर्जा यह क़ुद्रत के मनाज़िर
वो सुबह की नैरंगियाँ वह शाम सुहानी
क्या जाने ख़याल आ गया किस बात का हमको
रोके से जो रुकती नहीं अश्कों की रवानी
जज़्बात का हंगामा है बर्पा मेरे दिल में
क्यों आज तलातुम[1] में है यह बहे-मआ़नी[2]
घबराएगा हमदम मेरे अफ़सानए - ग़म से
दिल जिससे बहलता है नहीं यह वह कहानी
फिरती हैं मेरी आँखों में हर वक़्त वो आँखें
'शबनम' मुझे मुश्किल हुई जान अपनी बचानी

1. तूफ़ान 2. अर्थों का सागर

शमीम

स्वर्गीया अनवार फ़ातिमा, कास्थवेट गर्ल्स कालेज इलाहाबाद में अध्यापिका थीं, और 'शमीम' तख़ल्लुस करती थीं। पिता अब्दुलरशीद उर्फ़ अल्लाहबख़्श अरबी, फ़ारसी के विद्वान थे।

बचपन में ही पिता का देहान्त हो गया। घर पर ही फ़ारसी, अरबी की शिक्षा हुई और उनमें इनकी पर्याप्त गति हो गयी। 1415 वर्ष की आयु से कतिता का शौक़ हुआ। उस ज़माने के कुछ शे'र ये हैं—

नहीं मालूम क्या हालत गुज़रती
जो तुम सुनते मेरे दिल की कहानी

◇ ◇ ◇

अब हाले-दिले-आशिक़ क्या पूछते हो हँसकर
ख़ुद एक भरे घर को जब कर चुके वीराना

◇ ◇ ◇

महरूम[1] न रह जाये 'शमीम' अब्रे-करम[2] से
कहना न पड़े फ़ैज़[3] तेरा आम नहीं है

1923 में बशारतउल्ला से शादी हुई। पति जब नौकरी के सिलसिले में मेरठ में थे तब वहाँ 'शमीम' का परिचय 75-80

1. वंचित 2. कृपा-वारि 3. उदारता

साल के वृद्ध विद्वान मौलवी अब्दुल रहमान से हुआ। उनसे फ़ारसी, अरबी का गहरा अध्ययन किया। तभी से इनके काव्य में नीति और तसव्वुफ़ का रंग आया।

कुछ समय के बाद बहिन का देहान्त हो गया। फिर उस्ताद भी चल बसे। 23 अगस्त, 1940 ई० को फ़ालिज से देहावसान हो गया। इनका जीवन सीधा-सादा, उच्चादर्शों से प्रेरित था। नाम-यश की इच्छा नहीं थी। जीवन में अपना कलाम पुस्तकाकार प्रकाशित नहीं किया। जब तबीयत घबड़ाती तब एकान्त में बैठकर कविता लिखतीं । आत्माभिमानिनी थीं; अपने सम्मान और गौरव का बड़ा ध्यान रखती थीं । गद्य भी अच्छा लिखती थीं।

जज़्बात-निगारी (भाव-चित्रण) देखिए—

यह कह के टाल रही हूँ अजल[1] को मुद्दत से
ठहर कि वादए - दीदार[2] अब वफ़ा होगा
मिटाओ शौक़ से उम्मीदो - आरज़ू लेकिन
हमारे दिल को तुम्हारा ही आसरा होगा
मेरी तबाहियाँ मशहूर हैं ज़माने में
यक़ीं है, आपने भी कुछ - न - कुछ सुना होगा
तुम्हारी नज़रों में मैं साफ़-साफ़ पढ़ लूँगी
मेरे नसीब में जो कुछ भी अब लिखा होगा
जो लग़्ज़िशों[3] का करे एहतिसाब[4] ऐ वाइज़[5]
नहीं ख़ुदा बो हमारा तेरा ख़ुदा होगा

◇ ◇ ◇

1. मृत्यु 2. दर्शन देने का वायदा 3. भूल, अपराध 4. हिसाब 5. उपदेशक

कुछ दर्द दाग़ है कि दिखा दे कोई तुम्हें
ज़िद कर रहे हो आज तो तुम ख़ामखाह की
करने को आप शौक़ से वादा करें मगर
झुटला रही है देखिए शोख़ी निगाह की

◇ ◇ ◇

ख़ुदारा रहम कर ओ दर्दे - पैहम[1]
निकल जाये न नाम उनका ज़बाँ से
शबे-तारीक[2] और उनका तसव्वुर[3]
वो लम्हे ऐश के लाऊँ कहाँ से

◇ ◇ ◇

उदास चेहरा, ज़ुबां बन्द, आँख में आँसू
मुझे रुलायेगा रुख़्सत का वह समाँकब तक
तेरी ही आस पे जीती है अब 'शमीमे'-हज़ीं[4]
करेगी रहम तू ऐ मर्गे-नागहां[5] कब तक

---

1. अटूट वेदना 2. अँधेरी रात 3. ख़याल 4. दुखिया शमीम 5. आकस्मिक मृत्यु

शमीम मलीहाबादी

'जोश' मलीहाबादी की भानजी हैं। जन्मतिथि 27 मार्च, 1920 ई०। दस साल की उम्र से शे'र कहने लगीं और उर्दू की प्रतिष्ठित कवयित्रियों में गिनी जाती हैं। इनके काव्य में सूक्ष्म तथा नवीन उपमाओं का अच्छा प्रयोग मिलता है। तीव्र, तड़पती हुई, वेदनाबहुल भावनाएँ इनके काव्य में मिलती हैं।

गुलिस्तां का हर फूल दिल बनके महके
अगर एक अश्के - तमन्ना[1] गिरा दूं
अगर छेड़ दूं साज़ ख़िल्वत[2] में तेरी
चिराग़ों को ताक़े-हरम से गिरा दूं
अजल भी मेरे ग़म पे आँसू बहाये
अगर नालए-ज़िंदगानी सुना दूं

◇ ◇ ◇

खोलूं ज़बाँ जो सारी ख़ुदाई लरज़ उठे
वह राज़ अपने दिल में छुपाये हुए हूँ मैं

◇ ◇ ◇

1, कामना का आँसू 2. एकान्त, शयनकक्ष

मेरी ज़िंदगी के तरबनाक नग़मे[1]
तेरे ग़म में आँसू हुए जा रहे हैं
न पूछ आह दुनिया तेरी अंजुमन से
तमन्नाएँ क्या-क्या लिये जा रहे हैं

इनके काव्य में जातीय वेदना भी पाई जाती है। 'दुख़्तरे-हिन्द' (भारत-पुत्री) नामक कविता में कहती हैं—

एक लड़की बेकसो - मजबूरो - ज़ार[2]
ख़ाक पर बैठी हुई है दिल-फ़िगार[3]
चीथड़ों से जिस्मे-लाग़र[4] है ढका
कायनाते-दिल[5] में है महशर बपा[6]
आँख में है नींद का हल्का ख़ुमार
गेसुए - ख़मदार[7] पर गर्दो - ग़ुबार
क़ल्ब में उलझन परीशाँ-ओ-हज़ीं
एक कुर्ता ज़ेब - तन नीम - आस्तीं
एक कुहना[8] ओढ़नी ओढ़े हुए
जिसके आंचल जा-बजा उधड़े हुए
अन्दरूनी दुख की सच्ची दास्ताँ
कह रही है उसकी चश्मे-ख़ुँफ़िशाँ[9]
बेकसी बेचारगी का सरफ़राज़
दस्ते-नाज़ुक[10] भीक की ख़ातिर दराज़[11]

1. आनन्दपूर्ण गीत 2. दीन, विवश और दुखिया 3. भग्न-हृदय 4. दुर्बल शरीर 5. हृदय-जगत् 6. प्रलय मचा हुआ है 7. कुंचित अलकों 8. पुरानी, जीर्ण 9. रक्तस्रावी आंखें 10. कोमल हाथ 11. फैले हुए

आह ये आफ़ात, ये बर्बादियाँ
हिन्द की और आह, ये शहज़ादियां
आह ऐ हिन्दोस्ताने - ख़स्ता - हाल[1]
भूक से बेताब हों यूँ तेरे लाल ?
आह ऐ जन्नत - निशां हिन्दोस्तां
तू कहां और यह तेरी हालत कहां

◇ ◇ ◇

शबे - तारीक[2] से अनवारे - सहर[3] पैदा कर
ज़र्रे - ज़र्रे में नये शम्सो - क़मर[4] पैदा कर
कब से छाया है फ़ज़ाओं पे फ़लाकत[5] का ग़ुबार
हिन्द की ख़ाक से फिर लाल-ओ-गुहर[6] पैदा कर

1. दुर्दशाग्रस्त भारत 2. अँधेरी रात 3. प्रभात की ज्योतियाँ 4. सूर्य-चंद्र 5. दरिद्रता 6. लाल और मोती

शम्मअ

अज़्मत इक़बाल नाम। पहिले 'अज़्मत' तख़ल्लुस करती थीं, पर अपने प्यारे पति की मृत्यु के बाद 'शम्मअ' बन गईं। काव्य वेदना से पूर्ण है।

दिल में जब बेचैनियों की लज़्ज़ते पाती हूँ मैं
होश की मंज़िल से कोसों दूर हो जाती हूँ मैं
ये घटाएँ, ये बहारें, ये हवाएँ, यह फ़ज़ा
हर गुले-नज़्ज़ारा में फ़ितरत की बू पाती हूँ मैं
हर तबस्सुम भी मेरा एक दास्ताने-दर्द है
मुस्कराती हूँ तो अश्क आँखों में भर लाती हूँ मैं

◇ ◇ ◇

नज़र की वसअतों में उनके जल्वे बस गये ऐसे
कि हर सूरत निगाहों में हसीं मालूम होती है
गिरे पड़ते हैं सिज्दे ख़म हुई जाती है पेशानी
नज़र को हुस्न ही की सरज़मीं मालूम होती है
रहे-गुर्बत में रुक जाते हैं थककर जब क़दम मेरे
मुझे जब से मेरी मंज़िल वहीं मालूम होती है

शहनाज़

शहनाज़ ज़ैदी नाम है, 'शहनाज़' तख़ल्लुस करती हैं। इनके काव्य में नैतिकता का स्वर प्रधान है । कलाम में सादगी है। कहने का ढंग भी अच्छा है ।

न चल बनके नादाँ हैं पुरख़ार[1] राहें
किसी जा मसर्रत[2] किसी जा पे आहें
कहीं पर सुनेगा तू ग़मगीं सदायें[3]
कहीं ऐसे नौहे[4] जो दुनिया हिलायें
चला चल, चला चल, मुसाफ़िर चला चल

हरइक हाल में भाई साबित-क़दम हो
किसी दुख से तेरा इरादा न कम हो
किसी ग़म में यह चश्मे-बीना[5] न नम हो
किसी की ख़ुशी न किसी का अलम हो
चला चल, चला चल, मुसाफ़िर चला चल

---

1. कंटकपूर्ण 2. प्रसन्नता. आह्लाद 3. शोकसंतप्त वाणियाँ 4. रोदन गीत 5. देखनेवाली (अन्तर की) आँख

यह दो-चार दिन की जो है ज़िंन्दगानी
मसर्रत में हो या सऊबत[1] उठानी
लड़कपन, बुढ़ापा या हो नौजवानी
ख़ुशी से बसर कर यह दुनिया है फ़ानी[2]

चला चल, चला चल, मुसाफ़िर चला चल

लड़कपन की भोली फ़ज़ाओं में खो जा
जवानी की अल्हड़ अदाओं में खो जा
बुढ़ापे की बेकस दुआओं में खो जा
तू खो जा जहाँ की सदाओं में खो जा

चला चल, चला चल, मुसाफ़िर चला चल

1. आपदाएँ 2. नश्वर

जरीफ़ा

'ज़रीफ़ा' तख़ल्लुस से हास्यरस की कवयित्री का आभास होता है, परन्तु ये वेदना की गायिका हैं।

बेहतर तो यही था कि मुझे प्यार न करते
करते भी तो रुस्वा[1] सरे-बाज़ार न करते
मैं आप दिखाती तुम्हें सौ रंग के जल्वे
तुम हसरते - दीदार का[2] इज़्हार[3] न करते
जज़्बात की रौ में मुझे मा'बूद[4] बनाकर
ऐ काश ! तुम अपने को गुनहगार न करते
दिल ही में छुपा रखते अगर राज़े-मुहब्बत[5]
इस दुख का इलाज आप ही दुश्वार न करते
दीवानगीए - इश्क़[6] है सरमायए - राहत[7]
तुम फूल में पैदा ख़लिशे-ख़ार[8] न करते
इतना भी न था माद्दए - ज़ब्त[9] जो तुम में
बेहतर तो यही था कि मुझे प्यार न करते

1. बदनाम 2. दर्शन की लालसा 3. अभिव्यक्ति 4. उपास्य 5. प्रेम-रहस्य 6. प्रेमोन्माद 7. सुख की पूंजी 8. काँटे की करक 9. संयम-नियन्त्रण का तत्त्व

इस्मत

ख़ुर्शीद इस्मत नाम, 'इस्मत' तख़ल्लुस है। उर्दू की प्रतिष्ठित कवयित्री हैं। भाषा साफ़ व ज़ोरदार तथा भाव सुलझे हुए हैं।

सब्र को आज़मा के देख लिया
तीर यह भी चला के देख लिया
बेवफ़ा है वह बेवफ़ा, मैंने
आज़मा - आज़मा के देख लिया
ख़ुद ही महफ़िल में हो गये रुस्वा
तुमने हमको उठा के देख लिया*
नहीं कोई अनीसे - ग़म[1] 'इस्मत'
हमने ख़ूब आज़मा के देख लिया

---

*'तेरे पर्दे ने की यह पर्दादरी
तेरे छुपते ही कुछ छुपा न रहा'
—मोमिन

1. दुख का साथी, सखा

इफ़्फ़त मुजफ्फ़रनगरी

नाम आम्ना ख़ातून, तख़ल्लुस 'इफ़्फ़त' है। जन्म : 22 नवम्बर, 1903। कहानियाँ भी लिखी हैं जिनका एक संग्रह 'गौहरे इफ़्फ़त' के नाम से प्रकाशित हो चुका है। काव्य में प्रौढ़ता है।

मैं हर ज़र्रे में तुझको पा रहा हूँ
मुझे दैरो-हरम से वास्ता क्या
झलक उनकी कहीं देखी थी दिल ने
उसी दिन से न जाने हो गया क्या
हर इक आंसू है रूहे-इश्क़ 'इफ़्फ़त'
दुरो-गौहर[1] से उसको वास्ता क्या

◇ ◇ ◇

अगर यह पाये-हिम्मत जानिबे-मंज़िल रवां होगा
तो हर ख़ारे-बयाबां[2] रश्के-गुलहाए-जिनाँ[3] होगा
शबे-तारीक[4] बह्रे-अलम[5] की ग़म-फ़ज़ा[6] मौजें[7]
टटोलूँ किस तरह यारब ! मेरा साहिल[8] कहां होगा

---

1. मोती 2. जंगल का काँटा 3. स्वर्ग-कुसुम को लज्जित करनेवाला 4. अँधेरी रात 5. दख-सागर 6. शोक-भरी 7. तरंगें 8. तट

इफ़्फ़त बनारसी

'रज़ा' काज़्मी की पत्नी हैं। कभी 'इफ़्फ़त', कभी 'रज़ा दूल्हन' के नाम से लिखती हैं। पुराना रंग है।

बहार आते ही बन आई जुनूने-फ़ित्ना-सामां[1] की
वो देखो पुतलियां फिरने लगीं बीमारे-हिजरां[2] की
तग़ाफ़ुल[3] लाख बरतो तुम, मगर याद आ ही जाती है
नवाज़िशहाए-पैहम की[4], इनायत चश्मे-गिरियां[5] की
ख़ुदा रक्खे सलामत जोशे-मस्ती को मेरी 'इफ़्फ़त'
इसीसे ज़िंदगी का कुछ पता मिलता है इंसां की

1. फ़ित्नों से भरा उन्माद 2. वियोग का बीमार 3. उदासीनता, उपेक्षा 4. निरन्तर कृपा 5. रोदनशील नयनों की कृपा

ग़ज़ाला बरेलवी

हुस्नआरा बेगम (उर्फ़ मैमूना) नाम और 'ग़ज़ाला' तख़ल्लुस है। 'इफ़्फ़त' मुज़फ़्फ़रनगरी की सबसे छोटी बहिन हैं। जन्म : नवम्बर, 1911 ई०। जुलाई, 1927 में मौलवी एहसानुलहक़ से विवाहित । 1925 से कविता करती हैं। एक संकलन 'ग़ज़ाल' के नाम से प्रकाशित हो चुका है। नज़्में और गज़लें दोनों खूब लिखती हैं।

बांसुरी बजाये जा

ख़ओ हसीन काफ़िरा मस्ते-नाज़ मतरिबा[1]
शोख़-लब मुग़न्निया[2] ओ नशीली साहिरा[3]
राज़े - ग़म सुनाये जा
बांसुरी बजाये जा
ख़ाके-दश्त[4] उड़ाये जा
बांसुरी बजाये जा
मेरे दिल की अब्तरी और तेरी बेख़ुदी
मेरा हाले - ज़िंदगी तेरी ज़ुल्फ़े - अंबरी[5]

---

1. गायिका 2. चंचल अधर वाली गायिका 3. जादूगरनी 4. जंगल की धूल 5. सुगन्धित अलकें

राज़े - ग़म सुनाये जा
बांसुरी बजाये जा
ख़ाके - दश्त उड़ाये जा
बांसुरी बजाये जा
ताबिशे-जमाल[1] तू नाज़िशे-ख़याल[2] तू
रुख़्सते-कमाल तू है दिले-ग़ज़ाल तू
राज़े - ग़म सुनाये जा
बांसुरी बजाये जा
ख़ाके - दश्त उड़ाये जा
बांसुरी बजाये जा

◇ ◇ ◇

दहक़ाँ[3] की प्यारी लड़की नही पे जल्वा-ज़ा[4] है
सारी का सब्ज़[5] आंचल सर से ढलक रहा है
चितवन की सादगी में इक बर्क़[6] शो'ला-ज़ा[7] है
जिस पर नज़र पड़ी वह शो'ला बना हुआ है
होंटों पे है तबस्सुम[8], नज़रें झुकी हुई हैं
मा'सूम हुस्न बेख़ुद अँगड़ाई ले रहा है
हाथों में चूड़ियों की रंगीन लहरियाँ हैं
इक नीम-बाज़ गुंचा[9] कानों में हँस रहा है
मा'सूम सादगी में लाखों तजल्लियाँ[10] हैं
माथे का सुर्ख़ टीका शो'ला बना हुआ है

1. सौन्दर्य ज्योति 2. कल्पना का हावभाव या गौरव 3. किसान 4. शोभित 5. हरा 6. बिजली 7. दहक रही है 8. मुस्कान 9. अधखिली कली 10. चमकें, आभाएँ

मिज़गाँ में मस्त पुतली रक़्साँ[1] है या सितमगर
काली घटा में कोई अँगड़ाई ले रहा है
गेसू[2] से नर्म झोंके कुछ छेड़ कर रहे हैं
उन प्यारी अँखड़ियों में साग़र[3] छलक रहा है
बिजली तड़प रही है हर-हर नज़र में क़ातिल
हर इक अदा में ज़ालिम शो'ला भड़क रहा है
मासूमियत को पुतली, देवी नज़ाकतों की
तेरी अदाए-सादा जन्नत नहीं तो क्या है

1. नृत्य-निरत 2. अलक 3. मद्यपात्र

क़मर

देवा शरीफ़ के सय्यद हुसेन साहब की पुत्री हैं। ज़बान सुलझी हुई है, पर ढंग पुराना है।

उट्ठी अँगड़ाइयां लेती जो घटा सावन की
चली बल खाती हुई बादे-सबा-सावन की
तेरे बीमारे - मुहब्बत को सुलाने के लिए
रात भर लोरियां देती है हवा सावन की
हो गये जख्म मेरे दिल के हरे आप से आप
ठंडी-ठंडी चली कुछ ऐसी हवा सावन की
दामने-दिल में लिये ताज़ा गुले-जज़्बए-इश्क़[1]
नाज़ करती हुई[2] आती है घटा सावन की
मैं था वो तुफ़्ता-जिगर[3] क़ब्र पे मेरी अब तक
चादरे-बर्क़[4] चढ़ाती है घटा सावन की
मांग लो भाई से इनआम सुनाकर यह ग़ज़ल
मुझसे कहती है 'क़मर' उठके घटा सावन की

1. प्रेमानुभूति के ताज़े फूल 2. इठलाती हुई 3. जलता हृदय 4. बिजली की चादर (मुसलमानों में क़ब्र पर चादर चढ़ाने का रिवाज है)

क़मर

नवाब क़मरजहाँ बेगम नाम है; 'कमर' तख़ल्लुस। अवध के एक ताल्लुक़ेदार ख़ानदान में जनमीं; अच्छी शिक्षा पाई, पर पूर्वी सभ्यता की प्रेमी हैं। पाश्चात्य प्रभावों से लदी नारी-शिक्षा के विरुद्ध खूब लिखा है।

नये फ़ैशन के दिलदादा ग़ज़ब कैसा यह ढाते हैं
सरे - बाज़ार वह नामूस को अपने फिराते हैं
वह निस्वानी शराफ़त[1] और इज्ज़त को मिटाते हैं
कि अपने दोस्तों के साथ में उनको नचाते हैं
न पर्वा खानादारी की न है कुछ फ़िक्र बच्चों की
यह जोड़े पारटी में और क्लब में रोज़ जाते हैं
जहालत[2] में कभी दुख़्तर[3] को ज़िन्दा दफ़्न करते थे
मगर अब रोशनी में इल्म की इसको जलाते हैं
वह आशिक़ हो गये इस दर्जा देवी पर सियासत[4] की
कि औरत और ग़ैरत भेंट देवी की चढ़ाते हैं
समझते हैं ये जाहिल अपने माँ बाप और दादा को
ख़ुदा की शान है, गुंचे गुलों पर मुस्कराते हैं

1. नारियों की शिष्टता 2. मूर्खता 3. पुत्री 4. राजनीति

क़ैसर

क़ैसरजहां नाम, 'क़ैसर' तख़ल्लुस करती हैं। नज़्में बहुत अच्छी लिखती हैं। भाषा, भाव सबमें उनकी परिमार्जित रुचि के दर्शन होते हैं।

मसर्रत

आसमां की वसअ़तों में भी ख़ुशी मिलती नहीं
यह कली वह है कि गुलज़ारों में भी खिलती नहीं
इसकी नकहत[1] बाग़ो - आलम की बहारों में नहीं
जल्वा इसका बज़्मे-हस्ती के नज़ारों में नहीं
यह जहां के पुरफ़िज़ा दिलकश दयारों में नहीं
दश्त में, सहने - चमन में, कोहसारों में नहीं
सद्फ़े-दिल[2] महरूम[3] जिससे वही गौहर है यह
चोट से नज़रों की जो टूटे वही साग़र है यह
मैंने इस गौहर को ढूँढा ज़िंदगी के बहर में
था यह ज़ौक़े-जुस्तजू जज़्बात की हर लहर में

1. सुगंध 2. दिल की सीपी 3. वंचित

मैंने ढूँढ़ा साज़े - फ़ितरत के तरन्नुम में उसे
सुब्हे - रंगो - बू में ग़ुंचों के तबस्सुम में उसे
ख़ारज़ारे - ग़म को तय कर लें तो यह जन्नत मिले
बेनियाज़े - ऐश हो जायें तो यह इश्रत मिले
तर्क कर दें लज़्ज़तें सारी तो यह लज़्ज़त मिले
नज़रे-इस्तिग़ना[1] जो हासिल हो तो यह ने'मत मिले

1. निःस्पृहता की दृष्टि

लैली

लैली बेगम नाम और 'लैली' तख़ल्लुस है। हैदराबाद (दक्षिण) की हैं। अपने पति सय्यद अमीनुलहसन के प्रोत्साहन से इनको शायरी का शौक़ हुआ। भावोत्कर्ष आपके काव्य की विशेषता है।

इस अंदाज़ से आये गुस्से में वो
कि हर इक सितम गुद्दआ हो गया
मुहब्बत का ऐजाज़ मैं क्या कहूं
बढ़ा दर्द, बढ़कर दवा हो गया

मख़फ़ी

सईदाजहाँ नाम और 'मख़फ़ी' तख़ल्लुस है। जन्म : 15 जुलाई, 1915। 17 जनवरी, 1931 को श्री रहमतनबी एम० ए० के साथ शादी। पिता क़मरशाह खाँ रामपुर के एक बड़े रईस और बैरिस्टर थे। घर पर ही अरबी, फ़ारसी और अंग्रेज़ी की शिक्षा प्राप्त की। नज़्में और ग़ज़लें दोनों लिखती हैं।

चश्मे-तर[1] देख, ग़मे-दिल न नुमायां[2] हो जाय
इश्क़ के सामने और हुस्न पशेमां[3] हो जाय
जानता हूँ मैं तमन्ना को गुनाहे - उल्फ़त[4]
इश्क़ वह है जो निहां[5] रहके नुमायां हो जाय
काश यूँ बर्फ़ गिरे ख़िर्मने-दिल[6] पर 'मख़फ़ी
ज़र्रा-ज़र्रा मेरी हस्ती का फ़रोज़ां[7] हो जाय

1. भीगी आँखें 2. प्रकट 3. लज्जित 4. प्रेम का अपराध 5. प्रच्छन्न 6. हृदय-रूपी खलिहान 7. ज्योतिर्मय

मुज़्मिर

रफ़ीआ बानू रज़्विया नाम, 'मुज़्मिर' तख़ल्लुस है। नज़्में और ग़ज़लें दोनों लिखती हैं। इनकी कविता में भावोत्कर्ष, वेदना और अनुभूतियों की तड़प है। निबन्ध भी अच्छा लिखती हैं। उत्प्रेक्षाएँ कहीं-कहीं बड़ी सुन्दर हैं।

चांदनी, तारे, समन्दर, फ़स्ले-गुल[1], कैफ़े-बहार[2]
उफ़ यह अंबोहे-तजम्मुल[3], यह हुजूमे-रंगो-बू
इस तरफ़ जानू[4] पे मेरे उनका रूए-नाज़नीं[5]
हां, यक़ीनन आज मैं हूँ कामयाबे-आरज़ू
ऐ सितारो ! चश्मे-शायर के चमकते आंसुओ
जागकर रोते हो तुम रातों को क्यों आख़िर लहू
देखते रहते हो क्यों हसरत से शायर की तरफ़
उसके दामन में मचलने की है क्या फिर आरज़ू

◇ ◇ ◇

1. बसंत 2. बसंत का सौष्ठव 3. सौन्दर्य-राशि 4. घुटने 5. मृदुल मुख

फ़रेबे-तसव्वुर

(अतीत की एक घटना की स्मृति)

सिसकियां लेती है जब बिस्तर पे ज़ख़्मी आरज़ू
जब तमन्ना की निगाहों से टपकता है लहू
ऐ मेरी हूरे-तख़य्युल ! शिकवा-संजे-ग़म है क्यों
सच बता दे तू सरापा नाला-ओ-मातम है क्यों
चौंक उठती हूँ यह सुनकर अपने रंगीं ख़्वाब[1] से
और टपक जाते हैं आंसू दीदए - बेताब[2] से
बेख़ुदी में दौड़ती हूँ सहने - गुलशन की तरफ़
खींचती हैं वहशतें सहरा के दामन की तरफ़
यह सदा[3] सुनकर दिले-मुज़्तर[4] सुकूँ पाता नहीं
ढूँढ़ने से भी मुझे कोई नज़र आता नहीं
है तिही - दामन[5] मगर मक़सद से जैबे - आरज़ू[6]
कौन यों खाये तसव्वुर में फ़रेबे - आरज़ू[7]

◇ ◇ ◇

अज़्म (संकल्प)

बदल दूँगी निज़ामे - ज़िन्दगी को सईए - पैहम[8] से
ज़माना कांप उट्ठेगा मेरे अज़्मे - मुसम्मम[9] से
समाजी कुव्वतों को ज़ोरे - बाज़ू से मसल दूँगी
मैं इस तहज़ीब[10] की नागिन को पैरों से कुचल दूँगी

---

1. रंगीन स्वप्न 2. बेकल नयन 3. आवाज 4. बेचैन दिल 5. जिसका दामन रिक्त हो, वंचित 6. लालसा के कुर्ते का गला 7. लालसा का धोखा 8. निरन्तर श्रम 9. दृढ़ संकल्प 10. सभ्यता

यह महकूमी[1] यह बन्दिश, यह मज़ाक़ो-फ़िक्र की पस्ती[2]
यह रूहों की ग़ुलामी, यह सियहकारी, यह बदमस्ती
यह ख़ाको - ख़ून में लिथड़े हुए अफ़कारे - इंसानी[3]
यह महकूमी की क़ुर्बांगाह पर ज़ेहनों की क़ुर्बानी
यह ख़ूनी आंसुओं पर हँसनेवाली संगदिल बस्ती
क़दामत[4] के ख़ुमारे - सरगिरां[5] से मुज़महिल[6] बस्ती
यह बस्ती जिसने वीरां कर दिया आबाद रूहों को
किया है क़ैदे - ज़ंजीरे - जुनू आज़ाद रूहों को
जहां इंसानियत के वल्वलों का ख़ून होता है
जफ़ा दस्तूर होता है सितम क़ानून होता है
जहां तहज़ीब की बुनियाद है अश्कों पे, आहों पर
जहां इख़लाक़ की बुनियाद डाली है गुनाहों पर
जहां इश्क़ो - मुहब्बत को जुनूँ का नाम देते हैं
दरिंदे अम्नो - तस्कीं का जहाँ पैग़ाम देते हैं
जहां पहरे लगाये हैं निगाहों पर ज़बानों पर
बुढ़ापे की हुकूमत है जहां के नौजवानों पर
जहां जहलो - हविस[7] का नाम इल्मो - पारसाई[8] है
जहां बन्दों पे इंसानी ख़ुदाओं की ख़ुदाई है
जहां दोशीज़गी[9] ख़म है हविस के आस्तानों पर
जहां मज़हब बिका करता है तक़्वा[10] की दुकानों पर

---

1. गुलामी 2. रुचि तथा विचारों का पतन 3. मानवीय चिन्ताएँ 4. प्राचीनता 5. सिर को भारी करनेवाला नशे को उतार 6. उदास 7. अज्ञान एवं लोभ 8. विद्या और पवित्रता 9. कौमार्य 10. परहेज़गारी, संयम

मैं उस दुनिया को 'मुज़्मिर' अपने नारे से हिलाऊँगी
फ़रोग़े - सोज़े - ग़म[1] से आग दुनिया में लगाऊँगी
उठूँगी मैं जलालो - अज़्मो - हिम्मत का अलम[2] लेकर
मेरे बिगड़े हुए तेवर से तूफ़ां दम - बख़ुद[3] होंगे
मेरे बिफरे हुए नारों से इंसां दम - बख़ुद होंगे
जिन्हें कुछ लुत्फ़ आता है मेरे दिल को सताने में
वो एक दिन राग गायेंगे मेरे सारे ज़माने में
मैं 'मुज़्मिर' हूँ अभी मुज़्मिर है मेरी शाने-रूहानी[4]
कोई समझा नहीं अब तक मेरा ज़ौक़ - सुख़नदानी[5]
मैं हूं ज़ेबुन्निसा 'मख़्फ़ी' अभी तक मेरी हस्ती है
मेरे अफ़कार[6] पर अनवार[7] की शबनम[8] बरसती है
मिटा सकता है कोई बज़्मे - हस्ती[9] में कहां मुझको
कि क़ुदरत ने अता[10] की है हयाते-जाविदाँ[11] मुझको

1. शोक-ताप की अभिवृद्धि 2. उच्चता, संकल्प और साहस का झण्डा 3. स्तब्ध 4. आत्मिक शान 5. काव्य-रचना की अभिरुचि 6. चिन्तन, विचार (फ़िक्र का बहुवचन) 7. प्रकाश (नूर का बहुवचन) 8. ओस 9. जीवन की महफिल 10. प्रदान 11. अमर जीवन

नाज़

शफ़ीक़ बेगम नाम और 'नाज़' तख़ल्लुस है। अच्छा लिखती-कहती हैं। ज़बान साफ़ है।

नक़ाबे-आरिज़े-रोशन[1] हटा के मुस्करा देना
हमारे ख़िर्मने-दिल पर ज़रा बिजली गिरा देना
ख़िरामे-नाज़[2] से तुर्बत[3] पे इक ठोकर लगा देना
मेरी सोती हुई तक़दीर को आकर जगा देना
लगी है आग सीने में फूँका जाता है दिल मेरा
ज़रा ऐ चश्मे-तर! बढ़ते हुए शो'ले बुझा देना
नहीं है रोने वाला कोई भी बेकस की मय्यत पर
तुम्हीं आकर ज़रा अश्कों के दो क़तरे बहा देना

---

1. प्रकाशमान कपोलों का घूँघट 2. इठलात चाल 3. क़ब्र

नाज़ुक

नाज़ुक बेगम नाम और 'नाज़ुक' तख़ल्लुस है। इनका काव्य वेदना एवं लालसा से पूर्ण है।

ज़रा सी बात थी अर्ज़े-तमन्ना[1] पर बिगड़ बैठे वह
मेरी उम्र भर की दास्ताने-दर्द क्या सुनते
वह आलम ही अजब था सैकड़ों दिल में उमंगें थीं
नसीहत इब्तिदाए-इश्क़[2] में नासेह की क्या सुनते ?
यह हसरत आख़री हसरत है बीमारे-मुहब्बत की
किसी सूरत से वह हाले-दिले-दर्द-आश्ना[3] सुनते
हुआ है जल्वागाहे - आम में जल्वानुमा कोई
कभी ऐ काश 'नाज़ुक' हम भी यह दिलकश सदा[4] सुनते

1. कामना-निवेदन 2. प्रेमारम्भ 3. व्यथित हृदय की हालत 4. चित्ताकर्षक वाणी

निसार

निसार फ़ातिमा नाम, 'निसार' तख़ल्लुस है। नज़्में और ग़ज़लें खूब लिखती हैं और इसमें प्रतिष्ठा प्राप्त की है। कहने का ढंग भी अच्छा है।

मुहब्बत क्या ? हुकूमत दिल पे ज़ंजीरे-सलसिल[1] की
शिकायत कीजिए किससे जुनूँ-अंगेज़िए-दिल[2] की
हुसुले-आरज़ू[3] और मैं, फ़रेबे-आरज़ू[4] है यह
निगाहें अब भी बर्गश्ता[5] हैं मुझसे मेरे क़ातिल की
मुहब्बत के समन्दर में बहे जाना ही मक़सद[6] है
मैं बेगाना हूँ साहिल[7] से ख़बर क्या मुझको साहिल की
ख़बरदार ऐ 'निसार' उनसे न कहना राज़[8] उल्फ़त का
कि नाकामी सज़ा है इन्कशाफ़े-हालते-दिल[9] की

1. एक के बाद एक आनेवाली, सिलसिलेवार, ज़ंजीर 2. हृदय के उन्माद 3. कामना की सिद्धि 4. कामना का धोखा 5. प्रतिकूल 6. लक्ष्य 7. तट 8. रहस्य 9. हृदय की अवस्था का प्रकट करना

नज्मा

शमशाद नज्मा तसद्दुक़ नाम और 'नज्मा' तख़ल्लुस है। जन्म : जुलाई, 1917 ई०। वतन सियालकोट। शिक्षा एम० ए०, बी० टी०। घर का वातावरण पुराना और प्रतिकूल होते हुए भी माँ एवं एक भाई की सहानुभूति से अध्ययन कर पाईं और बाद में शिक्षा विभाग में नौकर हो गईं। अत्यन्त अध्ययनशील महिला हैं।

अपनी कविता के विषय में वे स्वयं लिखती हैं—"मेरी शायरी मेरे टूटे हुए दिल की सदा है जिसे हवादिस-ज़माना ने पीसकर रख दिया है और यही वजह है कि इसमें यास और क़नूतियत काफ़ी हद तक पाई जाती है।"

कविताओं के दो संकलन 'नज्मा के सौ शे'र' और 'नजमस्तान' निकल चुके हैं। 15 वर्ष की उम्र में बहिन की मृत्यु के बाद उसकी याद में पहिली कविता लिखी थी। शेली और कीट्स का इनपर बड़ा प्रभाव पड़ा है। इनके काव्य में प्रेमानुभूति, हुस्न की शोख़ियाँ, व्यथातुरता और कलेजे की तड़प है।

वे ख़ुद लिखती हैं :—

कुछ निखरे-निखरे गीत हैं जो होंटों से बरसते रहते हैं
एक मोठी-मीठी आग है जो हर-सू[1] भड़काये जाती हूं

---

1. चतुर्दिक, हर तरफ़

ख़ुद अपनी लय को सुनती हूँ, ख़ुश होती हूँ, सिर धुनती हैं
अशआ़र में ढाल के अश्कों को मस्ती में गाये जाती हूँ

फिर कहती हैं : —

मेरी दुनिया है शे'रो-ख़्वाबो-रंगो-नूर[1] की दुनिया
महो-अंजुम[2] की गोया ज़ू-फ़िशानी[3] लेके आई हूँ

इतना ही नहीं, वे स्वयं साकार प्रेमालिंगन हैं:—

मुहब्बत की आग़ोश[4] हूँ मैं सरापा
तुझे भी जो चाहूँ तो साँचे में ढालूँ

उनकी तरुणाई, एक औसत तरुणी की भांति, आकांक्षा करती है:—

चाँदनी, मय, बहार, ख़िल्वते-नाज़[5]
उनकी बाहों में झूम जाने दे

अपनी स्वप्नदर्शिता तथा आत्मवेदना के बारे में कहती हैं:—

'नज्मा' फिर सुन्दर सपनों में बनने लगे क़स्र[6] उमीदों के
फिर रेत के गिरते साहिल पर बुनियाद उठाये जाती हूँ

◇ ◇ ◇

शबे-ग़म की आँखों का आँसू हूँ 'नज्मा'
यूँही सुबह तक झिलमिलाती रहूँगी

◇ ◇ ◇

रगे-ज़िन्दगी हूँ कहाँ मुझको राहत
अज़ल से मैं दुखती चली आ रही हूँ
मुहब्बत की मैं शामे-फ़ुर्क़त हूँ 'नज्मा'
मुसीबत से कटती चली जा रही हूँ

---

1. काव्य, स्वप्न, रंग और प्रकाश 2. चाँद-तारे 3. ज्योतिविकीर्णता 4. आलिंगन 5. हाव-भाव-भरा एकान्त 6. महल

अभिव्यंजना में 'नज्मा' हिन्दी की महादेवी से बहुत मिलती हैं। अन्तर यह है कि महादेवी में तारुण्य की अदाएँ नहीं दिखाई पड़तीं, 'नज्मा' में यौवन की प्यास और प्रेम का समर्पण दोनों हैं :—

अब कुछ कविताएँ नीचे दी जाती हैं :—

तारों की मस्त छाँव में अब भी कभी-कभी
करती हूँ याद भूली हुई दास्ताँ को मैं
हर-हर क़दम पे मेरी जबीं[1] सिज्दा-रेज़[2] है
का'बा समझ रही हूँ तेरे आस्ताँ को मैं
'नज्मा' न पूछ मुझसे मेरी दास्ताने-ज़ीस्त[3]
अलमुख़्तसर कि याद रहूँगी जहाँ को मैं

◇ ◇ ◇

अफ़सानए - निगाहे - मुहब्बत[4] न पूछिए
कहते हैं किसको हश्रे - मसर्रत[5] न पूछिए
वह मस्त-मस्त रात वह बादा-बदस्त[6] रात
उस मस्त-मस्त रात की क़ीमत न पूछिए
होती है दिल में एक ख़लिशे-बेक़रार-सी
वल्लाह, उस नज़र की शरारत न पूछिए
रातों को कर रही हूँ सितारों से गुफ़्तगू
मुझसे मेरे जुनूँ की हिकायत न पूछिए
क्या हो गया है आपकी 'नज्मा' को क्या कहूँ
हालत न पूछिए मेरी हालत न पूछिए

◇ ◇ ◇

1. माथा 2. नमित, प्रणत 3. जीवन-कथा 4. प्रेम की दृष्टि की कहानी 5. हर्ष का प्रलय 6. हाथ में शराब लिये हुए

यह मय, यह फ़ज़ाएँ, यह जुनूँरेज़ नज़ारे[1]
ऐ काश ! कोई मुझको हसीं लय में पुकारे
ऐ'जाज़[2] हैं सब मेरी ही तख़ईले-हसीं[3] के
जन्नत के नज़ारे हों कि दोज़ख के शरारे
'नज्मा' न कहीं मुझको गुनहगार बना दें
यह बहकी हुई रात ये हँसते हुए तारे

◇ ◇ ◇

छेड़ी जो मैंने तेरी जवानी की दास्ताँ
तारे, शराब, फूल, सुबू[4] मुस्करा दिये

◇ ◇ ◇

इस निगाहे-मस्त से जब वज्द[5] में आती हूँ मैं
कैफ़ो-रँगो-नूर की दुनिया पे छा जाती हूँ मैं
क्या कहूँ क्या है मुहब्बत का फ़रेबे-ख़ुद-निगर[6]
देखती हूँ जिस तरफ़ खुद ही नज़र आती हूँ मैं
जाम गिर पड़ता है साक़ी थरथरा जाते हैं हाथ
तेरी आँखें देखकर नश्शे में आ जाती हूँ मैं*
उनकी आँखें देर तक रहती हैं रश्के-कहकशाँ[7]
जब कभी रातों को 'नज्मा' याद आ जाती हूँ मैं

---

1. उन्मादक दृश्य 2. चमत्कार 3. सुन्दर कल्पना 4. मद्य का मटका 5. विह्वलता, तल्लीनता 6. अपने को देखने का धोखा 7. आकाश-गंगा को लज्जित करनेवाली (अश्रुपूरित)

*कैफ़ीयते-चश्म उसकी मुझे याद है 'सौदा'
साग़र को मेरे हाथ से लेना कि चला मैं

—सादा

जल्वों को बारयाब[1] किये जा रही हूँ मैं
क़ल्बो-नज़र ख़राब किये जा रही हूँ मैं
बेदारियों[2] की शम्मअ़ जलाकर जहान में
तज्दीदे-इन्क़लाब[3] किये जा रही हूँ मैं
बहकी हूँ मैं लतीफ़ जवानी के कैफ़ से
हर चीज़ को शराब किये जा रही हूँ मैं
कितना बुलन्द है मेरी ता'मीर[4] का मज़ाक़[5]
तारों को आफ़ताब किये जा रही हूँ मैं

◇ ◇ ◇

मेरी नज़र निजामे-जहाँ का है इन्क़लाब
दुनिया को बेक़रार बनाने की देर है
हर आदमी है अपनी जगह एक कायनात
उजड़े हुए दिलों को बसाने की देर है
आख़िर सँभल ही जाऊँगी दुनियाए-इश्क़ में
दो-चार बार ठोकरें खाने की देर है
झूमेगी रात, वज्द में आयेगी कायनात
'नज्मा' तेरे सितार उठाने की देर है

◇ ◇ ◇

जादू निगाहे-शौक़ नहीं फिर भी हुस्न को
आया हुआ सा प्यार किये जा रही हूँ मैं
मुद्दत से गर्चे देख रही हूँ ख़ुद अपनी राह
तेरा भी इन्तज़ार किये जा रही हूँ मैं

---

1. बड़ी जगह पहुँचने में सफल 2. जागृतियों 3. इन्क़लाब का नवीनीकरण 4. निर्माण 5. अभिरुचि

आना किसी का आज भी मुम्किन नहीं मगर
क्यों देर से सिंगार किये जा रही हूँ मैं
दुनिया सदा बहार, मुहब्बत सदा सुहाग
क्यों नाला बार - बार किये जा रही हूँ मैं
'नज्मा' अब आ चली है सितारों को नींद सी
क्यों उनका इन्तज़ार किये जा रही हूँ मैं

◇ ◇ ◇

ख़ुद को क़ुसूरवार बताकर चले गये
वो मुझको शर्मसार बनाकर चले गये
अब वो नहीं तो ढूँढती हूँ अपने आपको
मुझसे मुझी को आज छिपाकर चले गये
दिल से निकल के दिल ही में फिर जज्ब हो गये
तफ़रीक़े - क़ुर्बो - बुअ़द[1] मिटाकर चले गये
उनकी नज़र से देख लिया अपने - आपको
मुझको मेरा ही जल्वा दिखाकर चले गये
'नज्मा' ग़मो-निशात[2] में अब फ़र्क़ है मुहाल[3]
ऐसा वह दर्द दिल में उठाकर चले गये

◇ ◇ ◇

करें याद तुमको कि दिल से भुला दें
हम आख़िर ग़मे-इश्क़ को क्या बना दें
डुबोकर ग़मों के समन्दर में ख़ुद को
मुहब्बत की कश्ती किनारे लगा दें

1. निकट और दूर का अन्तर 2. दुःख-हर्ष 3. कठिन

मिटा दें वो सारे ज़माने को लेकिन
यह मुमकिन नहीं नक़्शे-उल्फ़त[1] मिटा दें
निगाहें तेरी छेड़ने पर जो आयें
रुलाकर हँसा दें हँसाकर रुला दें
मुहब्बत से मख़्मूर करके दिलों को
इन उजड़ी हुई बस्तियों को बसा दें
वह नक़्शे - वफ़ा हूँ जिसे वो निगाहें
घटा दें बढ़ा दें बना दें मिटा दें
मुहब्बत इबादत[2] भी जुर्मो - ख़ता भी
वो किसको जज़ा[3] दें वो किसको सज़ा दें

◇ ◇ ◇

कभी दुनिया के अन्दर कुछ नज़र आता नहीं मुझको
कभी अपने ही अन्दर एक दुनिया देख लेती हूँ
मेरी दोशीज़गी[4] जब फूल बनके मुस्कराती है
गुनाहे-इश्क़[5] का दामन पे धब्बा देख लेती हूँ
किसी के डबडबाते आँसुओं में पिछली रातों को
मैं 'नज्मा' अपनी क़िस्मत का सितारा देख लेती हूँ

◇ ◇ ◇

बेख़ुदी के साज़[6] पर गाने का मौसम आ गया
आ गया पीकर बहक जाने का मौसम आ गया
यास[7] के पर्दों में फिर उम्मीद ने लीं करवटें
फिर फ़रेबे - ज़िन्दगी खाने का मौसम आ गया

---

1. प्रेम-चिन्ह 2. उपासना 3. पुरस्कार 4. किशोरावस्था 5. प्रेम का पाप 6. बाजा 7. निराशा

फिर पयामे - आमदे - जानां[1] सुकूने - शाम[2] है
सेज पर कलियों के खिल जाने का मौसम आ गया
यह तड़प, यह दर्द, यह रग-रग में हलकी-सी कसक
यह शबाब[3] आया कि मर जाने का मौसम आ गया
वादिए - उल्फ़त[4] में 'नज्मा' फिर भटकते हैं क़दम
ठोकरें पर ठोकरें खाने का मौसम आ गया

◇ ◇ ◇

ख़ुदा रक्खे तेरे दर्दे - मुहब्बत को ख़ुदा रक्खे
यही अब ज़िन्दगानी भर का हासिल होता जाता है
शऊरो - ज़ेहन में इक रोशनी महसूस करती हूँ
मेरी हस्ती में आख़िर कौन शामिल होता जाता है
न जाने कौन-सा यह राहे-उल्फ़त में मुक़ाम आया
कि तेरा दर्द ही अब तो मेरा दिल होता जाता है

◇ ◇ ◇

मुझे खो दिया तेरी फ़ुर्क़त ने ऐसा
ख़ुद अपनी नज़र से छुपी जा रही हैं
दिल अफ़सुर्दा, लब ख़ुश्क, आंखें भी पुरनम
मगर मुस्कराये चली जा रही हूँ
रगे - ज़िंदगी हूँ कहाँ मुझको राहत
अज़ल से मैं दुखती चली जा रही हूँ
दिलों से, जहाँ से, ज़माँ - ओ - मकाँ से
मैं रस्मे-वफ़ा हूँ उठी जा रही हूँ

---

1. प्रियतम के आगमन का सन्देश 2. संध्या की शान्ति 3. यौवन 4. प्रेम की घाटी

तेरे इश्क़ की बन गयी हूँ कहानी
कही जा रही हूँ, सुनी जा रही हूँ
मुहब्बत की मैं शामे-फ़ुर्क़त हूँ 'नज्मा'
मुसीबत से कटती चली जा रही हूँ

◇ ◇ ◇

क्योंकर गुज़र रहे हैं मेरी ज़िंदगी के दिन
यह मैं तुम्हें बता नहीं सकती हूँ क्या करूँ
मुझको तेरे फ़िराक़ का एहसास[1] है मगर
मैं तेरे पास आ नहीं सकती हूँ क्या करूँ
यह ठंडी-ठंडी आग मुहब्बत कहें जिसे
यह आग मैं बुझा नहीं सकती हूँ क्या करूँ
'नज्मा' तेरे ख़याल में बरबाद हो गयी
यह बात अब छिपा नहीं सकती हूँ क्या करूँ

◇ ◇ ◇

लर्ज़ां[2] हैं जो रूह के पर्दों में अनवार[3] लुटाये जाती हूँ
हस्ती के ज़र्रे-ज़र्रे को ख़ुर्शीद[4] बनाये जाती हूँ
कुछ निखरे-निखरे गीत हैं जो होंटों से बरसते रहते हैं
इक मीठी-मीठी आग है जो हर सू भड़काये जाती हूँ
ख़ुद अपनी लय को सुनती हूँ ख़ुश होती हूँ सर धुनती हूँ
अशआर में ढाल के अश्कों को मस्ती में गाये जाती हूँ
दिल अक्सर चोटें सहता है,और चुपचाप रोता रहता है
गो सरतापा ग़म हूँ लेकिन हँसती हूँ हँसाये जाती हूँ

1. अनुभूति 2. कम्पित 3. ज्योतियाँ 4. सूर्य

'नज्मा' फिर सुंदर सपनों में बनने लगे क़स्र उमीदों के
फिर रेत के गिरते साहिल पर बुनियाद उठाये जाती हूँ

◇ ◇ ◇

करम[1] तेरा कि सोज़े - जाविदानी[2] लेके आई हूँ
मगर यह क्या कि मैं इक उम्र फ़ानी[3] लेके आई हूँ
यह किस काफ़िर की महफ़िल है कि जिसमें नज़र करने को
मैं दिल की धड़कनें आँखों का पानी लेके आई हूँ
भड़क कर शो'ला बन जाये कि बुझकर राख हो जाये
हवा की ज़द[4] पे शम्मए - ज़िन्दगानी लेके आई हूँ
मेरी दुनिया है शे'रो - ख़्वाबो - रंगो - नूर की दुनिया
मह्रो - अंजुम की गोया ज़ू - फ़िशानी लेके आई हूँ
ज़िया-अन्दोज़[5] हूँ इक अस्मानी नूर[6] से 'नज्मा'
ज़मीं पर चाँद-तारों की जवानी लेके आई हूँ

◇ ◇ ◇

तू इक भीनी-भीनी सी कलियों की बू
मैं इक खोया - खोया जवानी का ख़्वाब
नज़र बहकी - बहकी अदा मस्त - मस्त
यह अल्हड़ जवानी यह काफ़िर शबाब[7]
जबीं चाँद सी और लब फूल से
तेरा जिस्म इक परतवे - माहताब[8]

---

1. कृपा 2. अमर, शश्वत जलन 3. नश्वर आयु 4. मार, चोट 5. प्रकाशित, ज्योतित 6. स्वर्गीय ज्योति 7. यौवन 8. चन्द्रज्योति

इधर आओ तुमसे कहूँ एक बात
सरापा ग़ज़ल और मुजस्सिम[1] शराब

◇ ◇ ◇

वह जब सामने थे अदब[2] दरमियाँ था
उन्हें देख लेने का मौक़ा कहाँ था
वो दिन भी कभी थे कि दुनिया थी दुनिया
ज़मीं थी ज़मीं असमाँ आसमाँ था
यह खुलता नहीं कुछ वह तुम थे कि मैं थी
मगर यह कि हायल[3] कोई दरमियाँ था

◇ ◇ ◇

मुहब्बत के दुख-सुख उठाती रहूँगी
यूँ ही ज़िंदगानी मिटाती रहूँगी
मुहब्बत में नक़्शे नई ज़िन्दगी के
बनाती रहूँगी मिटाती रहूँगी
निगाहें मिला दूँगी इक रोज़ तुझसे
अभी कुछ दिन आँखें चुराती रहूँगी

इन्होंने 'सानेट'* या चतुर्दशपदियाँ भी बड़ी सफलता के साथ

---

1. मूर्त 2. शिष्टता 3. बाधक

* 'सानेट' एक विशेष प्रकार की कविता है जिसमें 14 पद या चरण होते हैं। यह शब्द इतालीय भाषा के 'सानीटो' से बना है जिसका अर्थ है छोटी-सी आवाज़। इटली में इसका प्रचार सबसे पहले हुआ और दांते तथा माइकेल एंजेलो ने इसमें बड़ी सफलता प्राप्त की। इटली से फ्रांस, और फ्रांस से एलिज़ाबेथ के ज़माने में इंग्लैण्ड आया। शेक्सपियर, मिल्टन और वर्ड्सवर्थ ने ज़ोरों से इसे अपनाया। हिन्दी में प्रसाद तथा लोचनप्रसाद पाण्डेय इसके आदि कवि हैं।

लिखी हैं। नमूने देखिए :—

जिस तरह सुबह के अनवार[1] की बारिश हो जाय
या हो आग़ोशे - चमनज़ार[2] में तूफ़ाने-बहार
पत्ती - पत्ती पे खुला रक्खा हो क़ुरआने-बहार
कोई फूलों का ही ले ले के सहारा सो जाय
या हो ख़्वाबों के जज़ीरों[3] में कोई नग़मा-तराज़[4]
झूमकर आये घटा मयकदा काँधे पे लिये
कोई सहबा[5] किसी दोशीज़ा[6] के होंटों से पिये
छेड़ दे जैसे जवानी कोई गुँजा हुआ साज़
सहने-मयख़ाना में मयकश कोई रक़्साँ[7] हो जाय
दिल के हर तार से नग़मों की सदा आने लगे
तारों की छाँव में या चाँदनील हराने लगे
जैसे वीराना कोई बज़्मे - चराग़ाँ हो जाय
आजकल यूँ ही मेरी उम्र बसर होती है
यानी लम्हाते - मुहब्बत में गुज़र होती है

◇ ◇ ◇

यादे-अय्याम

ज़िंदगी के वो जवाँ लम्हात[8] अब तक याद हैं
चूड़ियों की गत पे फ़िर्दोसी तराने छेड़ना
ग़ैरफ़ानी[10] इश्क़ के रंगीं फ़साने छेड़ना

---

1. प्रकाश (नूर का बहुवचन) 2. पुष्पोद्यान के आलिंगन या गोद में 3. स्वप्न-द्वीप 4. गाता हुआ 5. शराब 6. अंकुरित-यौवना 7. नर्तित 8. क्षण 9. स्वर्गीय 10. अनश्वर

वो सुनहरे दिन हसीं औक़ात अब तक याद हैं
अहदे-बेफ़िक्री के वो दिन और रातें याद हैं
देखना बेदारियों में भी सुरूर-अंगेज़[1] ख़्वाब
छाँव में फूलों की पढ़ना कोई शे'रों की किताब
मुझको कालेज के मेरे बाग़ात अब तक याद हैं
हादिसों[2] ने अब बदल दी ज़िंदगी की शाहराह[3]
मौत के बख़्शे हुए दाग़ों से दिल नाकाम[4] है
ज़िन्दगी सहरा की इक झुलसी हुई-सी शाम है
अब सिमटकर रह गयी है मेरी बालीदा[5] निगाह
ज़ीस्त[6] के अहसास[7] को खोये भी मुद्दत हो गयी
मुस्कराना क्या कि अब रोये भी मुद्दत हो गयी

◇ ◇ ◇

दिल में हुजूमे-यासो-तमन्ना[8] लिये हुए
दुनिया से जा रही हूँ मैं दुनिया लिये हुए
मैं मिट चुकी हूँ फिर भी किसी की नज़र में हूँ
है मौत ज़िन्दगी का सहारा लिये हुए
'नज्मा' कभी जो देख सकी चश्मे-शौक़ से
है ज़र्रा-ज़र्रा हुस्न की दुनिया लिये हुए

◇ ◇ ◇

हर आँख है इक जल्वए-मासूम[9] की जोया[10]
लेकिन उसे इन्कार है मालूम नहीं क्यों

---

1. हर्षोन्मादक स्वप्न 2. विपत्तियों 3. राजपथ 4. असफल 5. विकसित 6. जीवन 7. अनुभूति 8. निराशाओं तथा इच्छाओं का समूह 9. निर्दोष सौन्दर्य 10. खोज करनेवाली

कभी ऐसा भी होता है कि जब दिल मिलने लगते
हैं मुहब्बत की नज़र उस वक़्त पहचानी नहीं जाती

◇ ◇ ◇

किसी के रुख़ से हिजाबात[1] ख़ुद-बख़ुद उठ जाएँ
निगाहे - पाक[2], दिले - पुख़्ता - काम[3] पैदा कर

◇ ◇ ◇

शबनम और आँसू दोनों हैं, इस फ़र्क़ को लेकिन क्या कहिए
जो ख़ाक पे है वह पानी है जो फूल पे है वह मोती है

---

1. लज्जाबरण 2. पवित्र दृष्टि 3. दृढ़ हृदय

नज्मा

नज्मा रहमतउल्ला नाम है। यह भी 'नज्मा' तख़ल्लुस करती हैं। लाहौर की रहनेवाली हैं। कविता में इन्हें अच्छी सफलता प्राप्त हुई है। प्रकृति-सौन्दर्य तथा प्रेम-सम्बन्धी भावनाओं के चित्रण एवं अभिव्यक्ति में पट हैं। इनमें दर्द और रूमानियत का बाहुल्य है।

बहारे-जाँफ़िज़ा[1] जाकर चमन से फिर भी आती है
घटा काली बरसकर इक दफ़ा फिर भी तो छाती है
सितारे दिन को बुझ जाते हैं फिर शब[2] को चमकते हैं
फ़लक[3] पर रात भर शोखी से हँस-हँसकर दमकते हैं
शफ़क़[4] की झील में ख़ुर्शीद शब को डूब जाता है
दरे-क़स्रे-उफ़क़[5] से झाँककर फिर मुस्कराता है
अगर मुर्झा गये हैं फूल और गुंचे तो क्या पर्वा
परिन्दे हैं अगर मग़मूम[6] गुलशन के तो क्या पर्वा
खिज़ाँ के बाद ये फूल और गुंचे फिर भी महकेंगे
बहार आते ही तायर[7] डालियों पर फिर भी चहकेंगे

---

1. प्राणदायक बसंत 2. रात 3. आकाश 4. सांध्य अरुणिमा 5. क्षितिज के महल के द्वार से 6. राम (शोक) से भरा हुआ 7. पक्षी

निशाँ गुज़री हुई घड़ियों का लेकिन फिर नहीं मिलता
कँवल मुर्झा के दिल का इक दफ़ा फिर से नहीं खिलता

◇ ◇ ◇

शाम

डूबते आफ़ताब[1] की किरनें
चंद लम्हों में हो गयीं रूपोश[2]
हल्का-हल्का सा नग़मा[3] बुलबुल का
दर्द और सोज़[4] से है हम-आग़ोश[5]
सर झुकाकर खड़े हैं खेतों में
पीले - पीले - से फूल सरसों के
गिरते हैं काँप - काँपकर पत्ते
बेदे - मजनूँ की शाख़े - लर्ज़ां[6] से
मल्कए - शब[7] की पुरफ़ुटू[8] ख़ुशबू
सहने - गुल्शन में हर तरफ़ फैली
बाग़ के इक उदास कोने में
कूक उठी दिल-शिकस्ता[9] कोयल भी
फूल चुपचाप हैं कली मग़मूम[10]
छुपके पत्तों में सो गया भँवरा
गीत इक गा रहा है ग़म-अंगेज़[11]
दूर खेतों में एक चरवाहा

---

1. सूर्य 2. प्रच्छन्न 3. राग, संगीत 4. जलन 5. आलिंगनबद्ध 6. काँपती डाली 7. रात की रानी 8. जादूभरी 9. भग्नहृदय 10. दुःखी 11. दुःखपूर्ण

सावन

वो घिर-घरके आई हैं काली घटाएँ
हैं मस्ती से भरपूर ठंडी हवाएँ
यह बरसात की रुत है कितनी सुहानी
हर एक चीज़ पर छा रही है जवानी
हसीं फूल हर सिम्त निखरे हुए हैं
सितारे - से सब्ज़े पे बिखरे हुए हैं
उछलता है आग़ोशे - दरिया में पानी
मचलतो हैं रह-रहके मौजें सुहानी
किनारे पे सब्ज़े का यह लहलहाना
परिन्दों का अशजार पर चहचहाना
ख़ुशी रक़्स करती गुलिस्तां में आई
हँसे फूल नन्ही कली मुस्कराई
कोई भूली-सी याद आने लगी है*
दिले-मुज़्तरिब को सताने लगी है

---

*शाम भी थी धुआँ-धुआँ हुस्न भी था उदास-उदास
दिल को कई कहानियाँ याद-सी आके रह गयीं

—फ़िराक़

नस्त्रीं

आबिदा ख़ानम नाम और 'नस्त्रीं' तख़ल्लुस है। पहिले 'परवीन' के उपनाम से भी लिखा करती थीं। मथुरा वतन है। रूमानी रंग आपके काव्य में खूब मिलता है। वेदना, अन्तरानुभूति, प्रच्छन्न व्यंग, छन्द-प्रबन्ध की विविधता इनकी कविता की विशेषताएँ हैं।

ख़बर मेरी न ली बर्बाद करके फ़ित्नागर तूने
मैं तकती रह गयी और फेर ली अपनी नज़र तूने
सज़ा मिलती है लेकिन बेवफ़ा इतनी नहीं मिलती
ज़रा-से जुर्मे-उल्फ़त पर सताया उम्र भर तूने

◇ ◇ ◇

दुआए शाम

क्यों हैं पड़े हुए उदास कैफ़ मेरी निगाह में
पर्दे गिरे हुए हैं क्या हुस्न की बारगाह[1] में
दिल ही नहीं कि तुझको हूँ नज़्रे-मुहब्बते-अज़ल[2]
आँखें नहीं कि आ रहूँ मैं भी तेरी निगाह में
ख़ैर सुकूने-दिल न बन, ख़ैर न इल्तिफ़ात[3] कर
आने दे ज़िक्र तू मेरा पुर्सिशे - गाह - गाह में

⚜ ⚜ ⚜

1. दरबार, महफ़िल 2. प्रारम्भिक प्रेम की भेंट 3. कृपा

नकहत

शकीला बेगम नाम और 'नकहत' तख़ल्लुस है। खंडवा-निवासिनी। काव्य भावानुभूति-प्रधान है।

बहार बन के तू आ जा कि जा चुकी है बहार

गुलों को ओस से नहलाके जा चुकी है बहार
मुझे तो ख़ून के आँसू रुला चुकी है बहार
मेरी तो दुनिया मिटाकर ही जा चुकी है बहार
फ़क़त मुझे यही नग़मा सिखा चुकी है बहार
बहार बनके तू आ जा कि जा चुकी है बहार

उन अ़न्दलीबों[1] के नग़मों की लोरियों की क़सम
नसीमे-सुबह की उन मीठी थपकियों की क़सम
वह तेरी याद की दिलदोज़ थपकियों की क़सम
तुझे गुलिस्ताँ की रंगीन तितलियों की क़सम
बहार बनके तू आ जा कि जा चुकी है बहार

---

1. बुलबुलों

ग़मे-हयात[1] में गर फिर बहार लाना है
शरारे[2] हुस्न की मीना[3] से गर्चे पीना है
अगर्चे ऊदी घटाओं को फिर बुलाना है
जो इन्तक़ामे - जफ़ाए - बहार[4] लेना है

बहार बनके तू आ जा कि जा चुकी है बहार

1. जीवन-दुःख 2. चिनगारियाँ 3. मद्य-भाण्ड 4. बसन्त के दुर्व्यवहार का बदला

नक़ाब

अच्छी कविता कर लेती हैं।

वो हिज्राँ के सदमे उठाये हुए हैं
कि हाथों से दिल को दबाये हुए हैं
वो मुँह क्या दिखायेंगे महशर में मुझको
जो आंखें अभी से चुराये हुए है
न थे घर में ग़ैरों के मैंने यह माना
मगर कुछ तो है जो लजाये हुए हैं

नूर

नूर जहाँ बेगम नाम और 'नूर' तख़ल्लुस है। जन्मकाल—1905। पिता—चौधरी असास उद्दीन, आरिफ़पुर नवादा (बदायूँ, उ० प्र०)। बचपन से ही इनकी ज़िन्दगी आपदाओं की एक श्रृंखला रही।4 साल की थीं कि पिता मर गए; फिर छोटा भाई मरा। बस माँ और दो बहिनें रह गईं। किसी तरह माँ ने इनकी शादी अपने भानजे से कर दी जो आर्थिक कठिनाइयों की वजह से केवल इण्ट्रेंस करके किसी दफ़्तर में क्लर्क हो गए थे। नूर जहाँ ने अपनी जायदाद के सहारे उन्हें एल-एल० बी० कराया और अपनी सारी शेष पूँजी देकर उन्हें इंग्लैंड भेज दिया। वहाँ से 6 साल बाद पी-एच० डी० करके लौटे तो पत्नी के प्रेम, सेवा और समस्त उपकार को भूलकर अप्रेल 1942 में मेरठ के बैरिस्टर शाकिर हुसेन की पुत्री हलीमा बेगम से निकाह कर लिया। पर वह सात ही महीने बाद मर गई। नूर के पतिदेव (डाक्टर अमीरहसन सिद्दीक़ी) प्रिंसिपल होकर कराची चले गए और ये रोती-बिलखती रह गईं।

जीवनव्यापी इस वेदना के कारण ही 'नूर' के काव्य में अनुभूति की गहराई है। नज़्म की तो सर्वोत्तम कवयित्रियों में से हैं। पर ज़्यादातर इन्होंने मुसलमानी हल्क़े के लिए ही लिखा है या अपनी ख़ुद की हालत लिखी है।

मिल गया मेरी वफ़ाओं का सिला[1] ऐ हमदम[2]
अ़हद उल्फ़त[3] का जो था ख़ूब निभाया तूने
मेरी उम्मीदों के ख़िर्मन पे गिराई बिजली
दिल को वक़्फ़े-ग़मे-आलाम[4] बनाया तूने
वक़्त के हाथ से भी जो नहीं मिटने का कभी
मेरे सीने पे वो इक ज़ख़्म लगाया तूने
हो गयी मेरी तमन्नाओं की दुनिया तारीक
अब हँसूँगी न कभी ऐसा रुलाया तूने

◇ ◇ ◇

हाँ, मगर फिर भी मेरे दिल से निकलती है दुआ
ज़िन्दगी को मेरी नाशाद बनाने वाले
गुल्शने-दह्र[5] में तू शाद हो आबाद रहे
बिजलियाँ ख़िर्मने - हस्ती पे गिराने वाले

● ● ●

1. पुरस्कार 2. सखा 3. प्रेम का वायदा 4. शोक-दु:ख के प्रति 5. संसारोपवन